妻と僕

寓話と化す我らの死

西部 邁

青志社

妻と僕　目次

装幀　岩瀬聡

妻と僕　寓話と化す我らの死

I 生と死　永劫と刹那が応答している

　これから妻と僕のかかわりについて考え、そして書いてみます。まず妻は僕と同年の昭和十四年生まれで、名は満智子《まちこ》と言います。満智子のことをここではMと記すことにしました。妻、妻と連記すれば彼女を衣服や刺身の褄《つま》あつかいしているような気がしてきます。また、満智子、満智子と何度も書くのも、内輪《うちわ》に籠《こ》もるような気分になりますし、どだい、気恥ずかしいものです。また自分のことを「僕」と記すのは、他意はありませんが、あえて言えば「私」というのは僕のあまり好きな言葉ではありません。

「私」は「稲《いね》（禾）つまり食べ物をめぐって他者に肘鉄《ひじてつ》（ム）を食らわす」という姿の象形《しょうけい》です。そんな振る舞いを妻にたいしてやった覚えが自分にはありません。自分は、むしろ、彼女にたいしてではなく、彼女との「関係」にたいする「しもべ」（僕）であった、ということを示すべく「僕」とする、ということになりましょうか。

癌《がん》はかならずしも死病に非《あら》ず、と見るのが最近の医学のようです。しかし、Mの場合は、そう言ってはおれないほどに重症《じゅうしょう》と見えます。ともかくMが癌という名の死病に罹《かか》ったことに、僕は、奇妙な点を一つも見出せません。彼女は、七カ月の早産児としてこの世に生を享《う》けました。北海道でも「しばれる」ので有名な帯広《おびひろ》で、しかも一月に生まれましたので、柳行李《やなぎごうり》に入れられ、四隅《よすみ》に湯タンポをおき、二十四時間ストーヴを焚《た》きっ放《ぱな》しという形で生き延びさせられたようです。そのためか、身体の免疫《めんえき》力が弱く、つまりは虚《きょ》弱《じゃく》の体質に属するのです。たとえば、国内でも国外へも一緒に旅行した回数は普通の夫婦よりはるかに多いでしょうが、そのたびに、僕は困惑させられました。訪れ先への関心や取り組みは、Mにあって、異常なほどに強いのです。しかしそれに反比例して、彼女の睡眠は短くなり、その食欲も弱くなっていきます。

こんな虚弱な体で、よくもまあ、あの戦後の混乱を、しかも北海道という（当時は）厳寒の地で、生き抜いたものだと感心させられていました。その弱者の生存闘争が厄介《やっかい》をきわめたであろうことは、少女期に腸チフスを患《わずら》ったり肺結核を病《や》んでいることからも窺《うかが》えるところです。長女を二十九歳で出産した折の、かなりに重度の妊娠ノイローゼにしても、そうした弱い体質に由来《ゆらい》したことなのでしょう。

僕がMに生活上の無理を強《し》いたことは、ないわけではないものの、ほんの少々にしてほんのときたまのことです。それでも、夫や娘や息子の暮らしの面倒《めんどう》を普通に看《み》るだけでも、彼女にとっては、難行苦行《なんぎょうくぎょう》であったという可能性はあります。少なくとも肉体的にはそうであったのかもしれないのです。そんな次第ですから、Mにあっては、生きていることそれ自体が、癌細胞の繁殖を徐々に促《うなが》す長い道程なのであったと思われてなりません。

一昨年の晩秋に彼女の腸閉塞《ちょうへいそく》の症状が重くなって、近所の老人医療センターに駆《か》け込みました。さる大病院で大誤診をされたあとのことです。駆け込みが遅れたのは、町医者の娘のくせして僕に劣らぬ病院嫌いの癖《へき》が彼女にある、ということのためばかりではありませんでした。漢方医院での何度かの血液検査で、いわゆる腫瘍《しゅよう》マーカーに何の異変も見られなかったのです。それどころか、駆け込んだ直後の血液検査でも、そのマーカーは通常値でした。要するに、血液検査を潜《くぐ》り抜ける種類のずるい癌細胞もいる、ということかと思われます。

ＣＴスキャンでＭの大腸のＳ字結腸部の癌がすでに異常な大きさに達しているとわかりました。担当医が僕をよんで、「五センチもの大きさになっている。どこに転移していても不思議ではない」と知らせてくれました。僕が「いわゆる手遅《ておく》れというやつですか」と問うと、医者は「それはわかりません」と答えます。僕は「断定できないのはよくわかります。断定的なことを言うのは、今のお医者さんたちにとってはタブーですしね。しかし、先生の御経験からして、統計上の平均値を予測すれば、手遅れということなんですね」とさらに質《ただ》しました。「そういうことです」というのが返事だったのです。

病室までの帰り路《みち》で、たぶん一分間ばかり、Mにどう伝えようかと考えましたが、嘘《うそ》を言っても、勘《かん》の鋭い彼女のことだから、すぐばれるであろう、正直に報告するしかあるまい、と判断しました。その病院は個室というもののない庶民的な病院ですので、Mは雑居《ざっきょ》房《ぼう》におりました。それでMの耳元《みみもと》に口を寄せ、「手遅れだそうだ」と僕は囁《ささや》きました。それにつづけて「どんな面倒が起きても、僕がみんな責任を持つから、余計な心配はしないように」とつけ加えました。どんな面倒がMに生じるのか、いかなる責任を僕が持つべきなのか、我ら夫婦が心配しなければならぬことは何なのか、それらについて何の具体的なイメージも湧《わ》かないまま、とにもかくにも、そう言ってみたわけです。いざというときには案外に空言《くうげん》しか吐《は》けない、それが人間の条件だ、ということも僕はわかっておりました。

腸閉塞の手術がすんだ直後でまだ苦しみのなかにあったMは、見開いてはいるものの力のない眼で僕をじっと見つめていました。そして「すべて引き受けるとはどういうこと、この痛みも引き受けてくれるの」と問い返してきたのです。

そのとき僕は、「歯痛は私一人が痛い」というオルテガ[1]の（身体論まで含めれば個人主義にも言い分があるということを示さんとする）科白《せりふ》を思い起こしました。「たしかに、人間は独《ひと》りで死ぬしかないんだ」と確認しもしました。それにしても「手遅れだ」との報告に何の反応も示さないのはなかなかの心根《こころね》だ、とも思いました。しかし、一年後に、少々驚くべき事実が判明したのです。Ｍの耳には、「手遅れだ」という僕の声が届いておりませんでした。おそらく、Ｍの心身が、死の間際《まぎわ》にあってなおも、わずかながら生のがわに引きつけられていたのです。つまりその心身が無意識のうちにおのれの生存を信じていたのでしょう。その本能のはたらきのようなもので、「手遅れだ」という僕の報告が彼女の意識を素通《すどお》りしていったのだと思われます。

本番の癌摘出《てきしゅつ》の手術は五時間に及び、それが終わって、Ｍは集中治療室に寝かされました。血の気がまったく失せて灰色と化した彼女の顔は、その激しい呼吸音がなかったら、死者のものとしか思われない種類のものでした。自分もやがてこのような姿で、ただしＭに看取《みと》られるという幸せ（と言ってたぶんよいような条件）がないままに、死んでいくのか、嫌《いや》だなあ、人前から姿を消して海の底に沈んでいくほうを選びたいものだなあ、などと思っておりました。しかし、その思いを打ち消すような勢いで、命の剝《む》き出しのリズムにほかならぬＭの呼吸音が僕の耳を打ちつづけていました。「物」にまでひとまず落とされている彼女の急に細くなった身体が、途方《とほう》もなく哀れな代物《しろもの》であるように思われてきました。涙が、眼からこぼれることはありませんでしたが、胸にどんどん溜《た》まっていく、という感に打たれていたわけです。

そんな状態でいた僕に担当医が声をかけてきます。「取り出した癌の部位を見てみますか」と言います。それを見ても、Mにも僕にも何ら得るところはないといったんは思いました。しかし、彼女への看病に真剣に立ち向かうには、その癌を正視しなければならぬ、だからその患部を直視しておく必要があるとも思われました。医者は「触《さわ》ってみたければゴム手袋をはめて下さい」とも言いました。その感傷を排除したフィジカリズムに徹したような医者の声音《こわね》が僕の気に入り、白く薄いゴム越しに、赤紫の汚れた血の色をした癌細胞の群れをつかんでみました。それはまるで大きなホヤを手にしたときの感触で、半ば固《なか》く半ば弾《はず》むといった調子の、まだ死にきれていない生命体というべきものでした。

さらに追加的な手術をもう一回受け、入院は三十三日間に及びました。そのあいだ、僕は、昼は、連日、長時間、病院に通いました。そして夜は、連日、長時間、新宿に向かいました。Mのいない我が家でぽつねんとしている自分の姿を嫌ってのことです。新宿の街を行きつけの酒場めざして急ぎ足で歩いていると、ネオンが、ほんの数秒間ですが、さっと消えて、視界が暗くなります。そんなとき、そうか、Mは手遅れだとの宣告に自分の脳が知らぬ間にショックを受けていて、それで視力が飛ぶんだな、俺《おれ》はけっして豪胆《ごうたん》な男ではないんだ、などと考えていました。酒場ではいつに変わらぬ陽気を保っておりましたが、翌日、宿酔《ふつかよい》で病院に辿《たど》りつくと、僕の体力はもう限界に達しております。それで、毎日、Mのベッドの脇に椅子を並べ、自分が眠るわずかなスペースを作っておりました。つまり、横たわったMの足許《あしもと》で僕は眠りを貪《むさぼ》っていたわけです。彼女は、そんなふうに自分の足許に連《つ》れ合《あ》い（夫婦の一方）を従えている、という恰好《かっこう》がどうやら気に入っているようでした。

ただし、雑居房における（手術をあっさりすまして元気一杯の）老婆たちの「クッチャベリ」が、Mにも僕にも、休みなき拷問《ごうもん》であったのは確かです。彼女は、車椅子に乗れるようになってからのことですが、雑居房を逃れようとあがいておりました。病院の最上階にある大きなガラス窓から、毎日、武蔵野の冬枯れの景色を眺めていたわけです。ある日、大風が吹いて雲が取り除かれ、富士山がくっきりと遠望でき、彼女の気分も久しぶりに晴れたとのことです。そこに、もう一つ、車椅子がやってきました。その年老いた農婦らしき女性は、「私は舅《しゅうと》と姑《しゅうとめ》に仕え、最も辛《つら》かったときに、秋川渓谷《けいこく》の一角《いっかく》に富士山がよく見える場所を見つけて、ほっとした。それから、ときどきそこに足を運んだ。二人を看病して看取って、やっと楽になったと思ったら、次に夫が癌になった。それを看病して看取って、ようやく一人になったと思ったら、自分が癌に冒《おか》されていた。もう手の打ちようがないらしい。でも、抗癌剤で苦しむのなんか御免《ごめん》だ。今は、どうやって死んでやろうか、ということばかり考えている。私はオートバイが運転できる。買物のために青梅《おうめ》の山道をオートバイで走っていたのさ。あの富士山をオートバイで登って、もう登れないところまで来たら、そこで死にたいんだ」と言ったとのことです。その覚悟の行き届いた老女の話し方がMには大きな励ましになったようです。

それから一年ちょっと経《た》ち、Mの癌は腸の裏がわに広く転移しました。今度は十時間の手術と相成《あいな》りました。腫瘍マーカーは半年前から少しずつ上昇していたのです。しかし、今度はCTスキャンによっても癌を発見できず、もっと大きな病院でPET検査を受ける仕儀《しぎ》となり、それでやっと癌再発を確認できたという成《な》り行《ゆ》きでした。PETとは、癌がブドウ糖を多く集めるという性質を利用して、フッ素18（放射性）同位元素を含んだブドウ糖を血液に注入して、その元素の発色《はっしょく》を映像化するというやり方のことです。

Mによって丹念《たんねん》に実行されてきた食餌《しょくじ》療法や漢方治療が旺盛《おうせい》なる癌の威力の前に敗北

したと見えます。しかし、逆に、その威力を一年間ほど抑制《よくせい》するのに、また再手術に耐える体力を限界のところで保つのに、その療法が奏功《そうこう》したのかもしれません。どちらでもよいのです。身体の命運がぎりぎりまでくると、生き延び方といい死に方といい、自分で選びとるほかありません。人生は一回で、また人生は、死の瞬間まで、つまるところは自分のものだからです。そして我ら夫婦は、癌細胞と同時に免疫細胞をも破壊する、という性質の抗癌剤を忌避《きひ》したのでした。危機にあって心身を支えてくれるのは、根本主義《ファンダメンタリズム》だ、つまり自分の考え方の原則をつらぬくことだ、というのがMと僕との共通意見なのです。一〇％の治癒《ちゆ》率をしか示していない抗癌剤に命をあずける、というのは我らの考え方に根本から反するのでした。

手術の前日、前回と同じ医者に僕は伝えました。それをMは脇で聞いております。「抗癌剤は本人がやらぬと言っており、僕も、妻の虚弱体質のことを思うと、免疫が破壊されるのは致命的ではないかと推測します。先生の眼に癌と見えるものは、すべて、どうか普《ふ》段《だん》よりも大胆に、切除し尽くして下さい。それで死んでも致し方ないと本人も覚悟しております。生き延びたあと癌の再々発となったら、これ以上の手術は不可能ということですので、ペイン・クリニックに入らせます」。ペイン・クリニックとは、もちろん、死に際しての苦痛を和《やわ》らげる治療のことです。
集中治療室に運ばれてきたMの様子は、手術時間が前回の倍だったせいでしょう、極端に疲弊《ひへい》しておりました。死線のほんの一歩手前でかろうじて踏みとどまっている、といった感じだったのです。大量の出血と麻酔と睡眠剤、鎮痛剤と抗生物質によってどれだけ多くの免疫細胞が破壊されたことかと想像すると、僕も気分が少し落ち込みました。西洋医療の過酷ということについても思いをめぐらせたのです。しかしそれ以上に、これからの延命作戦が綱渡りにも似たきわどいものになるであろう、ということのほうが気がかりでした。今度の呼吸音は虫の息のように細いものでした。それにじっと耳を傾《かたむ》けていると、僕ら夫婦はまぎれもなく死の圏域《けんいき》から、強い引力によって牽引《けんいん》されているのだとわからされたのです。

それから数日が過ぎ、早朝のテレビ番組に久し振りに出て、そのあと娘のところに寄ってテレビの将棋番組を眺めているうち、連日の見舞いと飲酒による疲れのせいか、ぐっすり眠り込んでしまいました。昼下がりに罪悪感を少し抱きつつ病院に着くと、Mが低いかすれ声で言うには、「わたしの死に目に会えないわよ」。手術のショックで排尿がうまくいかなかったせいでしょう、前夜から四十度に近い高熱を発して苦しみつづけ、よほどの不安にかられたのだと思われます。

かくてはならじと、翌日は、ベッドのそばに八時間もへばりついていてやりました。若い看護師に「ラヴラヴですね」とひやかされ、「後追《あとお》い心中のやり方を考えているところだ」と冗談《じょうだん》を飛ばしたりしていたのです。コーヒーでも飲もうかと食堂に向かうと、ちょっと美形の給仕の小母《おば》さんが「あら〝ニシ〟何とかさんでしたよね。昨日の番組、観《み》たわよ」と声をかけてきました。僕は、面倒なので挨拶は敬礼ですましつつ、「〝べ〟です」と答えます。相手が「〝べ〟さんでしたっけ」と言うので、「両方合わせてニシベです」と返します。「奥さんが病気なの」と問われ、「そう、後追い心中の準備をしている」と答えると、「何言ってるの、私なんか半年前に亭主《ていしゅ》に死なれて、生きるためにこうして働いているのよ」とまたも切り返してきます。詮方《せんかた》なく、煙草でも飲もうかと外に出てみました。病院の敷地の外《はず》れにあるベンチで一服《いっぷく》やっていると、カラスが一羽、樹上から僕を見下ろして、一声《ひとこえ》、「カア」とよびかけてきます。それから三日間つづいたその（たぶん同じカラスの一声だけのよびかけが、「ここは全敷地で禁煙だぜ、やめな」と言っているのか、それとも「規則を平気で破るとは面白い奴だな、明日も来いよ」と言っているのか、僕にはわかりかねました。いずれにせよ、死線をさまよっているMのことをよそ目に、自然と社会の歯車は平然《へいぜん》と回っている、という当たり前のことを知らされただけのことです。

四週間の入院が終わり、さらに四週間が過ぎました。この文章を書いている今は、四月初旬の夜十時、Mは寝室で死んだように眠り込んでいます。彼女の大好きだった小樽《おたる》の祖母は、愛知県・知多《ちた》半島の常滑《とこなめ》あたりから駆《か》け落ち同然の形で北海道に流れてきたと聞いていますが、「寝るほど楽なことはない」、「死んだ者の真似《まね》をしよう」というのがその口癖《くちぐせ》だったようです。その孫もまた、祖母の教えに従って、安楽死めいた眠りで病身を癒《いや》しているのでしょう。などと連れ合いの状態を慮《おもんぱか》っているうち、奇妙なことに、病室からMの声が聞こえてくるような気がします。

それは、この四十四年間に四、五度は聞いたことのある科白です。「よくもまあ、生き長らえてきたものね、あなたときたら」と彼女は、僕の顔をまじまじと見ながら、何度か言ったことがあります。今にして思えば、Mは、自分が虚弱なため、体力の何たるかをよく理解できず、それで僕のヤンチャな人生がなぜ病魔に襲われないのか、不思議でならなかったのでしょう。

二十一歳も終わろうというとき、「自分の人生には、刑務所に向かう(2)という展望のほかには何もなくなった。そんな僕の道連れに君を誘い込む気が起こらない」との理由で、Mとは別れました。それは、東京拘置所の独房に（昭和三十五年の後半の）半年近く座っているうちに、おのずと達していた決断であったのです。それから三年近くが経った春のこと、半年前まで暮らしていて、そして（元全学連の指導者だと大家《おおや》に密告する学生がいたせいで）追い出された千葉県津田沼《つだぬま》の学生下宿の元同居人たちが、僕のアルバイト先に遊びにやってきたのです。彼らは一通の手紙をたずさえていて、それがMからの便りでした。彼女は、僕の現住所を、僕の妹から何とか聞き出したようです。

それには「〇日×時、札幌から上野に着く。上野美術館の〝カレー市民の群像〟の前にいるので、来るように。あなたは来なければなりません」とありました。その手紙は元同居人たちによって開封されており、「事はちょうど明日だ」ということで、彼らは急いでその手紙を運んできたという成り行きなのでした。その晩、元同居人たちと新橋で飲んでくれているあいだは、彼女の要請に応じるつもりはなかったのです。しかし、池袋近くの東長崎の下宿で、やけに早く目が覚《さ》め、書物の一冊も装飾の一片《いっぺん》もない牢獄のような三畳間の天井《てんじょう》を眺めながら、「札幌から上野まで、二十四時間の長旅のあと、待ち人来たらず、というのではMの気分も消耗《しょうもう》するだろうなあ。十九歳のときに当方から声をかけたという責任を自分の判断だけで帳消しにする、というわけにはいかないのかもしれないなあ」と考えておりました。

結局、Mと会い、目的地もなしに電車に乗りました。電車のなかでどんな会話があったのか、何も思い出せません。ともかく、電車賃しか懐《ふところ》になかったので、駅の外に出ることができず、気がつけば、西武《せいぶ》線の（当時の）最果ての駅「ユネスコ村」の人気のないプラットフォームに間歇《かんけつ》的に吹き荒れる春何番かのなかに、二人はいるということになりました。長い髪が顔にかかり、その黒い簾《すだれ》模様の奥で彼女の両眼が、キラキラというかギラギラというか、ともかく鋭く光っておりました。その光に少々威圧されつつ、僕は「この人は、世間的な意味では、阿呆《あほう》なのかもしれない。自分と一緒になったって不幸にしかなりようがないのだが、もし阿呆なのだとしたら、一緒になれないのを不幸と思うのかもしれない。どちらがこの人にとってより大きな不幸なのだろうか。小さいほうをとるのが自分の責任ということなのであろう」というようなことについて、一瞬のうちに、思いをめぐらしていたわけです。いや、それは、「めぐらす」というよりも、「賽《さい》の目が長半《ちょうはん》のいずれに出るかを待つ」といった、めまぐるしい思いでありました。

しかしそんな不幸についての見込み計算が首尾《しゅび》よく進むはずもなく、僕は事態を先送りするという卑怯の挙《きょ》に出るほかありませんでした。「三つの裁判で実刑判決が下りず、すべて執行猶予《ゆうよ》がつくという奇跡でも起これば、いずれ前科なしとなる。つまり、猶予期間中に別の犯罪を行うということがなかったら、前科が消えるので、固定した人間関係を一切断った自分にも、君と一緒に暮らす糧《かて》を得られるようになるかもしれない」と言い逃れたのです。彼女は、その髪の簾を振り払うような仕種《しぐさ》で、「実刑というのでも私はかまわないわよ」と言ってのけました。しかし、じきに、彼女には実刑と執行猶予の区別がついていないと判明する、というお笑い種《ぐさ》の場面ではありました。

僕のほうの拍子《ひょうし》が抜け、あれこれの曲折《きょくせつ》があったものの、一緒になる段取りとなり、その段取りの第一歩として大学院に入るため、論文のでっち上げに着手し、それが僕の職業の方位を定め、教職に就《つ》いたり評論家の看板を下げたりしながら今日に至り、そして二人して互いの命が黄昏《たそが》れていくのを見合っているわけです。このように、男女関係にはポイント・オブ・ノーリターンが、つまり引き返しようのない転換点というものが一般にあるものなのでしょう。

しかし、二度に及んで大手術を受け、少しずつ困憊《こんぱい》の度を深めていくMの挙措《きょそ》を見ているうちに、僕は、あの瞬間には裏があったのだ、ということに不意に気づきました。双方がうっすらと認識していながらしっかりと秘匿《ひとく》した真実、それ以後も秘匿しつづけたためにいつのまにか忘却されてしまった真実があったに違いないのです。

それは、あの「あなたは来なければなりません」という言葉の意味に関係しております。あれは「私には、今、札幌である〝出来事〟が生じつつある。それに歩《ほ》を進めるかどうか、それを決めるには、あなたとの関係に最終の決着をつけなければならない」という意味だったのではないか、と僕は思い至りました。いや、その転換点において、かすかにせよ、そのことに気づいていたのですから、僕のほうに彼女と一緒になりたいという潜在願望があったのかもしれない、と今にして思う次第です。つい最近、彼女の体調が良い折に、そうだったのではないかと話しかけてみたところ、彼女はただ微笑を浮かべただけでした。

男女関係は、何と脆《もろ》い基盤の上に、何と儚《はかな》い動機にもとづいて、何と粘《ねば》り強い努力で作り上げられていく、何と堅牢《けんろう》な構築物であることか、夫婦とは何とみごとな砂上楼閣《さじょうろうかく》なのか、と笑い出したくなるくらいのものです。「人間の為《な》すことはすべて滑稽《こっけい》で、飯を食べているなどというのも十分に滑稽だが、最も滑稽なのは最もやり甲斐《がい》のあること、つまり恋愛である」（チェスタトン）[3]という言葉の意味がよく了解されます。

僕は、Mが指摘したように、生き長らえるのは難しいと思わざるをえない状態に、二度、陥《おちい》った（というよりも、飛び込んだ）ことがあります。一度目は二十二歳からの二年半ばかりでした。その間、高度経済成長の時代であるにもかかわらず、時代外《はず》れの飢えに悩まされつづけていたわけです。空腹のせいで色つきの幻覚を見るというのは少々面白い体験ではあったものの、しかし、絶食が五日、六日となると、やはり、このまま死ぬのかなあと実に虚《むな》しい気分になったものです。貧乏人の息子が、三つの裁判で被告人をやりながら、生きる目的を持たずに独《ひと》りで生きるとはそういうことなのです。二度目は、予想しただけで現実のものとはならなかったのですが、四十九歳のときの一年間でした。そのとき、社会的に面子《メンツ》を張るべく、東京大学を辞めてからそこと喧嘩沙汰《けんかざた》[4]をやっておりました。その（内心で三カ月間と限定していた）喧嘩にあっては、金銭や地位のことに気を配っているわけにはいきません。一銭の貯《たくわ》えも一人の仲間もいないのに公の形で喧嘩するとなると、「夫婦で屋台《やたい》を引く」という近未来を想像するのはやむをえないところでした。

　そのほかにも、僕の生活は、「家庭は護《まも》る」という条件つきではありましたが、正規の軌道を外《はず》れがちでした。頻繁《ひんぱん》きわまる酒場通い、長々とつづいた素人《しろうと》賭博《とばく》、実験にとどめはしたものの広範囲にわたる麻薬体験、善人たちであったとはいえアウトローであるのは疑いようのない連中との引きつづく交際、というふうに数え上げていくと、Mにとっては、それを見ているだけでも疲労のきわみ、という気分だったのでしょう。

　僕のほうもそれを察するものですから、家庭孝行に努《つと》めはしたのです。しかし、下手《へた》な演技を見せつけられる観客の身にもなってみよ、とMは言いたい風情《ふぜい》でした。それゆえ、そうした無軌道と孝行とのあいだの往復も僕にとっては死活《しかつ》の必要なのだということを理解してもらおうと、彼女に向かって、できるだけ論理的に、ただし諧謔《かいぎゃく》を存分に交《まじ》えて、喋《しゃべ》りつづけたのです。しかし、静寂《せいじゃく》のなかで美術と文学に親しむのを好みとする彼女にとって、そうしたすでに体質と化してしまった僕の気質に触れさせられることこそが疲労の因だったのだと言われれば、そうなのであろうと肯定せざるをえません。そんな男の面倒を飽《あ》きもせずにやりつづけるのが君という女の運命であったと諦《あきら》めてもらえないものか、もし可能ならその女の運命をいとおしんでくれれば有り難い、と心でひそかに頼む以外に術《すべ》はなかったのです。

いやMは、僕との関係があまりにも長くつづいたせいで、また僕の執筆が人間の生き方に関係するものが多かったという事情もあって、僕のことをほかの誰よりも的確に理解してしまっています。そういう破目《はめ》に彼女は陥ったのです。また、その現実を、（彼女には乏しいものの、女性であるからにはかならず持ち合わせている）あの現状維持の性向にもとづいて、愛好するほどに受容する、という有り様《あさま》になっているようです。そういう相手が死相を漂《ただよ》わせはじめています。誰も面倒を看てくれない最も厄介な面倒、それに追い込まれる問題の人物は、この取り残される立場の僕なのです。それは、もう、自明の事柄に属します。

そういうものなのだということを、僕は、父親が七十二歳で死んでいく過程において、見ていたように思います。まず、取り残されることになる母親が言いました。「お父さんは一両日中に亡くなるよ」。「どうしてそう思うのか」と僕が問うと、「昨夜、俺の体を抱いてくれ、とお父さんは言った。私は、膝が痛かったんだけど、ベッドに上がって、布団の上からお父さんの体を抱いてやった」とのことです。それが一両日中に死ぬということとどう繋《つな》がるのかと聞くと、「連れ合いがそう言えばそうなる、という言い伝えが昔からあるんだ」とのことでした。事実、父は一・五日後に身罷《みまか》ったのです。七十二歳の死でしたから、三年後の僕ということになりましょうか。

僕を含め六人の子供たちは、時折に、父親のことを思い出しもしますし、論じもします。しかしそれはあくまで冷静な記憶と解釈にもとづいてのことです。それに比べ、連れ合いたる母親は、深い喪《も》に服したような悲しみの表情と感情を示していました。それが一年にわたってつづいたのです。それから惚《ぼ》けるまでの十八年間ばかり、彼女は、娘たちに囲まれて楽しげに振る舞っていたものの、僕の察するに、夫との生活にかんする記憶に縛《しば》りつけられていたのではないでしょうか。父親のことについて母親から一言もないことが、かえって、僕にそう思わせもしました。その命がこの世から消滅しても、なお、相手が自分に語りかけてくるというのですから、少なくとも連れ合いの関係においては、ニーチェ(5)がどう非難しようとも、人間は「記憶の鎖《くさり》に繋がれて踊る猿」であることを乗り超えられないのです。

いや、記憶というと、さも、過去の事実についての記録がぎっしり詰《つ》まっているように聞こえます。しかし、僕を縛っている鎖はそんなものではありません。（たとえばMの表情を瞥見《べっけん》するという）「刹那《せつな》」とよびたくなるような短い時間のなかに、（たとえば彼女との連綿《れんめん》たる家庭生活の）「永劫《えいごう》」と名づけたくなるような長い時間が、織《お》り込まれていると思われるのです。時間そのものではなく時間にかんする意識が、伸びたり縮んだりするということです。その時間イメージが僕をとらえて離しません。しかもその種の時間イメージが、僕の意識全体の土台となっていると感じられます。

つまり、大仰《おおぎょう》に言えば、「永劫と刹那」の相互応答といった時間意識があってはじめて、自己意識としての僕が存在しているということです。僕の「生」のアクチュアリティ（現存性）はそこにあります。明確に語りうるのは（記憶にかんする客観としての）リアリティ（現実性）だけかもしれません。しかし本当に語るに値《あたい》し、それゆえに本当に語りたいと感じるのは、しかし定かには語りえぬのは、（時間にかんする、そして行為への意志にかんする、主観としての）アクチュアリティのほうです。アクチュアリティの貧しい生は、機械のごとき生命にすぎません。そんな命は、遅かれ早かれ、生きながらにして錆《さ》びつく、という悲惨な死を迎えるのではないでしょうか。

Mは、そして僕も、生命機械としてはほとんど死滅しているのでしょう。しかし、この連れ合いの現在の生は、アクチュアリティとしては、互いの瀕死《ひんし》状況の推移を共同して見つめるところに成り立っています。そしてその共同作業において、残り少ない未来時間への予想のなかに過去時間への想起が組み込まれていくという形で刹那と永劫の応答めいたものを感じとらずにおれないでいます。つまり、連れ合いの関係の生と死に「観察《オブザヴェーション》」を差し向けていると、そこに「恭順《オブザーヴァンス》」の意を表すべき何ものかが鎮座《ちんざ》している、という感覚になってくるということです。

恭順《きょうじゅん》の意を示すからといって連れ合いの関係に、何らかの「神聖《セイクリッドネス》」があるというわけではありません。そんな誇大妄想に僕は加わりたくありません。僕がみずからすすんで従順であろうとしているのは次の事実についてです。まず、連れ合いとの人生の「物語《ストーリー》」が自分の意識の総体の根底あたりにあります。次に、そのおかげで自分は「歴史《ヒストリー》」への参加について何らかの確かな感覚を保持しえています。その事実から僕は自由でありえません。自由でありたいとも感じません。もちろん、どんな「事実《ファクト》」も自分の意識の「行為《ファクティオ》」

によって製造されたものではあるでしょう。しかし、その製造はMとの協働でなされたものです。したがって、「自分《セルフ》」のうちに「連れ合い」がすでに参入しているとしか思われないのです。

セルフは、私心《ししん》の塊《かたまり》の「自我《エゴ》」とは異なって、公心《こうしん》を含んでおります。その「ム」（他者を排斥《はいせき》せんとする構《かま》え）にたいする「ハ」（切り開かんとする構え）としての「公《パブリックネス》」の中心部に連れ合いの関係が、良かれ悪《あ》しかれ、でんと居座《いすわ》っているのです。言うまでもないことですが、公心の形成には、世界も国家も、地域も職場も、学校も家庭も、というふうにありとあらゆる種類の集団がかかわっているでしょう。もっと正確には、それらの集団が多少とも持っている「共同体《コミュニティ》」としての性格が、人間に公心を育てさせるのです。僕の言いたいのは、その公心の育成場としては、連れ合い関係が最も強力だとしか思いようがないということです。

僕がMのことを「いとおしい」と思うのは、彼女との関係が失われるのを「いと（大いに）お（惜）しい」と思うからでしょう。それもそのはず、その喪失《そうしつ》は、自分の心身の少なくとも半分が崩落《ほうらく》する、という感覚を僕にもたらすこと請《う》け合いだからです。そして「自分の心身」とは何かといえば、その真髄《しんずい》は、「物語としての歴史」の感覚の集合ということなのです。どうして連れ合い関係はその集合体の形成においてかくも枢要《すうよう》の位置を占めるのでしょうか。

第一に、夫婦は（おおよそ）同世代にあります。そのため、「時代《エイジ》」つまり「異なった年齢層（諸世代）のあいだの交話《こうわ》の仕方」がどう変遷《へんせん》してきたかについて、さらにはそれをどう解釈するかについて、かなりに共通した心身の表現（振る舞い方）と内容（情報の質量）を持っています。第二に、夫婦は（普通は）偕老同穴《かいろうどうけつ》よろしく長期にわたって生活を共にします。そのせいで、互いの心身における「公と私の葛藤《かっとう》」ぶりを観察し合い、相互に了解し合っています。第三に、家庭における生活は、そこに近代の機能主義がどんなに突き刺さってきても、（分析的《アナリティック》なものではなく）「総合的《シンセティック》」なものです。それで、その生活を了解するには（科学ではなく）「物語」に拠《よ》らなければならなくなります。

第四に、その物語は、夫婦の生活に脚本を与えるものです。そしてそれは、夫婦の共同作品となるはずなのです。第五に、その共同性は、性愛や金銭などをめぐる（私心にかかわる）「秘密」を保持するところに成り立ちます。そのため、一般的には、いわばマフィア的な強固さを示します。第六に、その秘密のうちには、人間の（言語を中心とする）活動のほとんどあらゆる領域において、男性と女性のあいだに解消不能の差異があるということも入っています。そのせいで、秘密についての、相互承認だけでなく、相互諦観《ていかん》がなければなりません。

第七に、そうした事情をも包み込んで書かれる夫婦の共同脚本は、夫婦の直面する「状況《シチュエーション》」が、時代の歴史の流れにあって不断に変化していきます。だから、その脚本は絶対に完成することがなく、絶えず「未完」のものにしかなりえないことについての、絶望がともなわれます。第八に、その未完の脚本に続編を加えるのは後生《こうせい》の仕事です。しかし、本編の持つ真実の意味は、つまり先祖たちが本当に伝え残したかったことは、現世代が死期に達してやっと洞察できる、といった程度のことです。ここでも、物語伝承への希望の裏地には絶望が張り合わされていると見なければならないでしょう。第九に、このように夫婦物語の最終章は悲哀《ひあい》に彩《いろど》られています。しかし、それを払拭《ふっしょく》しなければそれまでの夫婦の演技がフェイク（紛《まが》い物）となってしまいますので、夫婦は、いわば死を賭《と》して、死が到来するのにたいして楽観をもって応じなければなりません。

第十に、これをもってとりあえず「連れ合い関係は物語である」という論の最終論点としますが、そうした楽観を可能にする唯一の方法は、たぶん次のやり方しかありません。それは、以上のような性質を持った物語を、自分ら夫婦の具体的、個別的そして特殊的な人生の流れにおいて紡《つむ》いでみせることです。それが自分らの唯一の仕事であったのだと夫婦して得心《とくしん》すること以外に、楽観をもって死にたいすることは不可能でしょう。

　僕もまた、自分の人生が（老人病による死のことを含めて）「自然死」で閉じられる、もしくは自然死の何歩か前で「自死」を選びとるという成り行きにあることを、ひとまず想定しなければならない年頃にあります。そういう生の局面に自分はついに入ったのだとつくづく思います。五十歳代まで、「良く生きることは良く死ぬことだ」という論題について、何度か、自分なりに真面目に考えました。そうしたとき、問題の要諦《ようてい》である「良さの基準」は何かとなると、言うまでもないことですが、「仁義」のほかには何も思い浮かびませんでした。ここで「仁義」というのは、レジティマシー（歴史的あるいは物語的な連続性を保証するものとしての「正統性」）の上に立つジャストネス（政治の次元あるいは状況の推移における決断としての「正当性」）を意味します。

　かつては、国家、職業集団もしくは家族のことをめぐって、男たちが「死を引き受ける」という場面が、多少とも目立つ程度に、生起していました。死を引き受けるというのは、狭く言えば自死・自裁《じさい》・自決のことですが、広く言えば次のようなことです。自分は死ぬかもしれないと予期・予感するという意味での「大いなる（予測可能な）危険《リスク》」、あるいは「小さからざる（予測不能な）危険《デンジャー》」に自発的に入っていくこと、それがここで言う「死の選択」ということです。しかし「戦後」にあっては、戦争や飢餓《きが》のことを想定しないですむようになりました。この「平和」の日本国家あるいは「安全と生存」の日本列島では、「死の選択」という最も人間らしい行為が精神の病理現象として片づけられはじめています。

それに逆《さか》らって僕は、自然死への人生行路にあっても、自死の思想が必要だと考えてきました。簡略に言うと、「これ以上に延命すると、他者（とくに家族の者たち）に与える損害が、その便益《べんえき》を、はっきりと上回る」と予想されるようになれば、自死を選ぶべしということです。なぜそうなるかというと、人生の本質的な意義は「未完とはいえ出来具合いの良い物語を、後生に残し、その続編の執筆を後世《こうせい》に託す」という点にあるからです。人生の最後に他者に大いなる迷惑をかけるというのでは、その物語は失敗作ということになってしまいます。失敗作であるという結末それ自体ではなく、その結末を予想することが現在の生を虚無《きょむ》に引きずり込むわけです。若いときの死でしたら、「生きたい」という思いや行いが後生への励ましとなる場合もあるでしょう。しかし、老人の示す生への渇望《かつぼう》などは、後生の最も見たくないものの一つなのではないでしょうか。

そんなわけで、五十歳代の後半、ピストル入手作戦に、ひそかに、かなり本気で、取り組んでいました。しかし、この列島の北と南の両端に予定していた二人の拳銃入手先が、つまり二人のアウトローが、一人は自殺、もう一人は病死ということで、同じ年に突如として姿を消してしまったのです。それから十年ばかりは、元気を奮《ふる》い起こして自分の病気の手当てとMの病気への手助けに意を用いているうち、自死のことは単なる観念として自分の気持ちのなかに残留する、というにとどまっておりました。

しかし、このたびMの死病を眼前にして、僕の自死論には重大な障害が待ち構《かま》えていると気づきました。つまり、やがて老衰のきわみへと近づいていく自分の姿を予想しながら、「後追い心中」のことを半分は冗談で口にしているものの、「周囲の者たちを納得させきることがきわめて難しい」とわかったのです。僕の「良き物語」としての自死には、近親や知己《ちき》の者たちは、僕が自死を選択したことを納得してくれる、またその納得は僕の説得によって可能となる、という条件がついております。今回わかったのは、僕の娘と息子を説得するのは、二人とも、四十歳に近いというのに、きわめて困難だという一事です。少なくとも、ありありとした瀕死《ひんし》の状態が僕において長くつづき、二人に「父親の瀕死の姿をこれ以上に見させられるのは堪《たま》らない」という気分が確実に高まるという状況がくるまでは、説得困難と予測せざるをえません。

周囲の者たちに甚《はなは》だしい違和感を覚えさせるのでは、僕の自死は良い物語にならないのです。そもそも、そういう仕儀になるであろうと予想されるのでは、僕は自死をおいそれと選択することができません。子供があるというのは、自分の人生にいろいろと楽しみを与えてくれます。苦しみも多かったのですが、総体として、楽が苦を上回ったと言ってよいでしょう。しかし、人生の終末においては、かくも重い荷物になるのです。五十歳代半ばの僕には、そのことが正確には予想できていませんでした。子供たちが「父親に自殺される我らの身にもなってみろよ」と僕に抗議する可能性を過小評価していたのです。僕のほうも、その抗議を撥《は》ねつける力量や機会に不足していると認めざるをえません。親子の会話は、どうも感情過多になりがちで、順調に進むのは稀《まれ》なのです。

「生きることは死ぬことだ」という文句を吐いてみせる人は少なくないようです。しかし、多くの場合、それは、「死ぬまでは生きている」と言っているにすぎません。価値判断によって生きるという奇妙な動物としての人間は、「良く」生きることは「良く」死ぬことだと考えます。その「良さの基準」を（自然死への過程において）どう守りきるか、ということについての言及が、世間の死生論において、まことに少ない、と僕には見えます。「良い形で死ぬのでなければ、たとえそれまで良い形で生きてきたとしても、良く生き抜いたということにはならない」という思想がなおざりにされているわけです。そんなことでは「悪《あ》しき死に方しかできない者のそれまでの生き方は、たとえ良き生のように見えていたとしても、偽装にすぎなかったのではないか」と疑われても仕様《しよう》がないのです。もっと言うと、延命が最高の価値だとしてしまうと、「生き延びるためならば、どんな価値も無視してかまわない」という虚無の思想で、自分の精神が腐らされていく始末となります。

僕が自死の思想を語ったとき、「死に方も自分で選ぼうというのは傲慢《ごうまん》だ」という反応が返ってきました。僕には、それは意味不明の言葉と聞こえました。体調の具合や家族の状態や病院の事情に「任《まか》せる」というのも、一つの選択ではありませんか。周囲の者たちに嫌がられ疎《うと》んぜられるような死に方はすまいと構《かま》えるのは、良き生（＝死）のことを思うのなら、必然の結論だと思います。それなのに、ある著名な文筆家は、僕の心境を、「死ぬのがよほど恐いのであろう。それで自殺しようとしているのであろう」と評しました。まったく違います。僕が恐れているのは、自分がみっともない死に方をすることなのです。「自分がそんな死に方をすると予想すると、現在の生そのものに本気で取り組めなくなる」ということです。そう考えるのが「死＝生」の観点からおのずと導かれる結論だと僕は思います。そのことが、「生を謳歌《おうか》し、死を嫌悪する」この列島ではなかなかわかってもらえません。

しかし、たかだか三十年の異世代にある自分の子供たちを了解させることができないような自死、それもみっともない、つまり「見たくもない」死に方と言って差つかえないでしょう。「仁義」の基準が、政治的正義や宗教的良心として制度化されていないと、死にゆく者の日常生活に、異常に大きな負荷《ふか》がかかります。つまり、自分が選ぶ死に方にいかなる仁義があるのかについて、「義」の観念が反故《ほご》として打ち捨てられている世の中で、自力で周囲を説得してみせなければならないわけです。六十九歳にもなった僕ですが、この説得作業を、自分の子供たちに向かって、やりとげる自信がありません。

「血は水より濃《こ》し」というのはかなり軽はずみな格言です。というより、「産《う》みの親より育ての親」というのもありますので、格言の言語空間は矛盾だらけと見ておけばよいのでしょう。いずれにしても、偶然の出会いや接触から始まった連れ合いにのみ、自分の死生観の真相を伝達し了解してもらうことができうると見ておくべきでしょう。少なくとも自分が生きているあいだはそのようにしか思われてならず、それゆえ、このことについての子供たちとの会話は、ほとんどやってきませんでした。逆に言うと、死の感覚や死の想念のほぼ二人だけの共有、それが夫婦の紐帯《ちゅうたい》のうちの最も太い一本であるらしいのです。

しかし、この感情と想像の秘密の空間に二人して自閉するのは、老いた男女とて生きているうちは相も変わらず言語的動物なのですから、その連れ合い関係に失語症をもたらします。この病理から逃れる方法は、その秘密の正体が何であるかについて、二人してされげなく話してみる以外に手はありません。連れ合い関係という小さな舞台において、互いが交替で話者となり聴者となりながら、死についてのダイアローグ（二人《ダイア》のあいだの話《ローグ》）を、日常生活の自然過程のなかに組み入れるということです。その話法は、おそらく、誠実な悲劇と滑稽な喜劇のあいだで微妙に平衡《へいこう》をとる、といった形のものになるのでしょう。死を前にしての文字通りに必死の演技の交換、その記憶とそれについての想起が、先立つ者にも取り残される者にも、納得のいく死や明朗な延命をかろうじて保証してくれるのではないか、と僕は期待します。そうした舞台の設営は、親子、兄弟（姉妹）、師弟、友人といった関係では無理だ、というのが僕の判断です。

思えば、僕には、かなり若い頃から、少し普通でない癖がありました。それは、身近な者たちの死に接しても、深刻な気分になることができなかったということです。人間の生ける関係は双方が生きているあいだだけのものではないでしょうか。自余《じょ》は、その死者が自分の感性や理性にどんな影響を残してくれたかを、生者たちが感得したり認識したりするだけのことだと思われます。だから、僕は他者の死に際して泣いたことがありません。たった一回の例外は、高校時代に交通事故に遭《あ》わせてしまった三歳下の妹が（五十八歳で）おそらくはその大手術の際の大量輸血による肝臓癌で亡くなったときです。荷馬車に轢《ひ》かれてぐうっと眼を見開く妹の姿が執拗《しつよう》に脳裏《のうり》に再現されて、それが、ほとんど物理的な圧力となって、僕の涙腺《るいせん》を刺激しつづけたことがありました。そんな僕が、Mの死相を突き放してみることができないでいるのは、先に述べた因果《いんが》を通じて、彼女が僕の人生物語（という精神の基軸）の一本の支柱になりおおせているからだ、としか考えようがありません。

二回目の大手術の夜、初めて入った近所の居酒屋で、焼酎を三杯飲み、公園の脇にある遊歩道をゆっくりと登っていきました。黙っていると気が滅入《めい》ります。「男なら、男なら、愚痴《ぐち》は言うまい、歎《なげ》いちゃならぬ、それで済《す》まなきゃ、人形のように、顔で泣かずに腹で泣け……」と（水兵さん向けの軍歌「男なら」を）口遊《くちずさ》んでいたのです。それは小声にすぎなかったのに、坂の途中にある交番のお巡りさんが不審人物を見るような素振《そぶ》りで、こちらを窺《うかが》っています。ちょうどそのとき、トレーナー姿のジョギング老人が、ハアハアゼイゼイいいながら、今にも絶命かといった調子で、坂を駆《か》け下りてきました。僕は、お巡りさんに向かって、聞こえたかどうかわかりませんが、言いました。「彼のほうがよっぽど不審人物だろう」。連れ合いの不健康を前にして腹で泣いてる者もいれば自分の健康を願って駆けている者もいる、という対比が何となくおかしく思われ、僕は笑い出しました。

笑いながら顔を上げたら、春を待つたくさんの木々の折り重なり合う枝の向こうに、暗い青色の空も濁《にご》った灰色の雲も、明るい黄色の月も鋭い白色の星々も、すべて揃《そろ》っていました。そして、この永劫に動く宇宙にあっては、Mの命なんかは、またその命をいとおしいと思っている自分の存在なんかも、無視しうるほどに小さいのだと、あらためて知らされました。それゆえにかえって、その命がまだ存在していることが奇跡なのかと思われ、それを失うのが「いと、おしい」と感じられもしたのです。

（1）オルテガ――一八八三～一九五五。スペインの哲学者。歴史・社会・芸術など広い主題に透徹した認識力を示し、ヨーロッパ文明の底に潜む不条理な力や野蛮さを批判した。主著『ドン・キホーテについての思索』『大衆の反逆』など。

（2）刑務所に向かう――著者は、東大在学中は東大自治会委員長、全学連の中央執行委員として唐牛《かろうじ》健太郎らと六〇年安保闘争で指導的役割を果たすが、二十五年後に著した『六〇年安保――センチメンタル・ジャーニー』（文藝春秋／洋泉社）のなかで、六〇年安保闘争を「空虚な祭典」と名づけ、自らを「ブント同盟員」と規定し、以下のように述べている。「二十五年前のちょうど今頃、ブントという政治組織が、その短命の生涯における、最初にして最後の昂揚《こうよう》をむかえようとしていた。ブントというのは〝同盟〟ということを意味する独逸語《ドイツ》で、共産主義者同盟の略称である。一九六〇年の四月から六月にかけ、いわゆる六〇年安保闘争が大きく激しく渦巻くなかで、ブントは過激派の青年たちを率いて警官隊との衝突をくりかえしていたのである。全学連主流派のひきおこした一連の騒擾《そうじょう》がそれである。／ブントの重立《おもだ》った連中が次々と逮捕され、そして起訴されていった。さらに敵対党派である共産党との抗争が熾烈《しれつ》の度を加え、それにつれてブントの心身は、みかけの昂揚によって隠されてはいたものの、疲弊《ひへい》の一途《いっと》をたどっていた。その幼い組織は、あまりにも早い死を予感すればこそ、限られた生の活力を一気に消尽《しょうじん》しようとしているようにみえた。実際に、ブントはその年の七月に崩壊過程に入り、翌年の三月にはほとんど跡形なしに消失したのである」「翌年三月、（略）『戦線逃亡』をはっきりと宣言した。逃亡を広言したので、あとであれこれ言われたらしいが、私としては、戦線が私から逃亡したという気分であった。それから四年ちかく、家族との関係をふくめて固定した交際を絶ち、七年近くのあいだ、三つの裁判所に通うのが人生の仕事であった」。なお、「六〇年安保の件で実刑になったのは唐牛健太郎と篠原浩一郎のふたりだけであり、それとて実際に刑務所にいたのは三、四カ月にとどまる。全共闘世代の受けた法罰とくらべると私たちのは信じられぬくらいに軽かったのである」とも述べている。

（3）チェスタトン――一八七四～一九三六。イギリスの作家・批評家。警句や逆説というレトリックを駆使して、才気あふれる創作や批評を行った。また、伝統を重んじる「精神の政治学」を提唱、合理性や異端者への批判を行った。主著『正統とはなにか』『異端者の群れ』など。

（4）東京大学との喧嘩沙汰――著者は一九八八（昭和六十三）年三月、中沢新一（当時、東京外国語大学アジア・アフリカ言語文化研究所助手）受け入れの人事をめぐり東大教授を辞任するが、「喧嘩沙汰」とはその間の事情をさす。

（5）ニーチェ――一八四四～一九〇〇。ドイツの哲学者。キリスト教にもとづく形而上的な倫理主義、西洋文明の理性信仰による危機や退廃を「ニヒリズム」と指摘し、それを克服する積極的な意志を説いた。また、「神の死」を宣言し、それに代置するものとして独自の超人思想を鋭い心理的洞察と詩的な直観力で造形した。主著『悲劇の誕生』『ツァラトゥストラ』など。

Ⅱ
女と男　言葉におけるかくも絶大な隔たり

　今は地球の隅々《すみずみ》にまで（貨幣をメディアとし技術をシステムとする）文明が浸透《しんとう》しております。しかし、半世紀ほど前まで、文化人類学者たちが、未開の地について、たとえば次のような報告を行っておりました。ペニス・ケースを押《お》っ立てたような男たちが、酒や博打《ばくち》をやりながら村の政治や隣村との喧嘩《けんか》（の儀式）について口角泡《こうかく》を飛ばすなか、「女たちときたひには、もう、どう仕様《しよう》もない連中だ」と舌打ちをしたり眉《まゆ》を顰《ひそ》めたりしているというのです。もちろん女たちも、芋《いも》を掘ったり虫を拾ったりしながら、口には出さねども、「男たちは、もう、手の打ちようがない連中だ」と歎《なげ》いていたのでしょう。

　実は、この光景は文明にあっても随処《ずいしょ》に見られるのです。たとえばMの病室で僕が聞いていた老婆たちのクッチャベリは、「どうしてお腹が詰《つ》まったの」「煎餅《せんべい》を食べたから」「私もそうよ、何枚食べたの」「三枚よ」「あら、私は五枚」「どこで買ったの」「××スーパーよ」「そこの猫の餌《えさ》は安いでしょう」「犬の餌も安いわ」「亭主が犬に散歩させてくれなくて困っている」「娘は犬好きだったんだけど、今は男の子が好きみたい」「はっはっは、私はまだ好きよ」……といったような言葉の連射です。そんな横滑《よこすべ》りの会話が一時間もつづいて、やっと沈黙が訪れたと僕ら夫婦が安堵《あんど》していると、「ところで、どうしてお腹が詰まったの」と話が振り出しに戻ります。

僕はほとんど恐怖に駆《か》られて、Mが苦しんでいる最中でもありましたので、通りすがりの若い医者に「どうにかならないものですかね」と頼むと、彼は「自分の仕事ですから、静かにするように言いますが、すぐまたお喋《しゃべ》りが始まりますよ」と言う。「そうでしょうね。ところで、こういうところで働いていると、若いうちから女嫌いになりませんか」と冗談口で尋ねると、彼はニヤリと笑うだけでしたが、それは「とうになっています」ということを意味する笑いに見えたのです。ちなみに、「男の患者たちはどうか」と尋ねましたら、「もちろん、入院するなり、黙って天井を見ています」という返事でした。その後、病室では、「喋っていないと体がおかしくなるわよね」と女たちの不平が聞こえてきたのは言うまでもありません。

ショーペンハウアー(1)を真似《まね》て女嫌いの弁を逞《たくま》しくしたいのではないのです。それどころか、「女性は知識人にのみ本格的な関心を持つ」というオルテガの（説明なしの）断言を僕はほぼ受け入れているのです。もちろん、オルテガのその科白《せりふ》は、「人間は自分に欠けているものに最大の関心を払う」ということだ、と解釈してのことです。だから、女性にたいして、感謝しこそすれ、怨恨《えんこん》の一片《いっぺん》も持っていない、と僕は断言できます。しかし、まず結婚当初、六畳一間の狭い空間に、いわゆる「自分の女」とやらがいるのにまず慌《あわ》てました。しかも、（当時としては）立派な食事をセミプロの料理人でもあるMが作るのです。こうした人生の局面の急転回に馴染《なじ》めなかったのでしょう、僕は一週間ばかり家出をしてしまいました。

それ以後もずっと、どうためつすがめつしても、精神の構造がこうまで異質であることが、互いの一挙手一投足《いっきょしゅいっとうそく》においてあまりにも明瞭に日々実証されてしまうのです。それにもかかわらず、なぜ僕らは「仲の良い連《つ》れ合《あ》い」を演じてきたのでしょう。そうした演技を反復するのに大して飽《あ》きなかったのはどうしてなのでしょう。そのことが、誇張《こちょう》を恐れずに言うと、「滑稽な奇跡」と見えてくるのです。したがって、その笑うべき奇跡を平凡な日常性のなかに位置づけるべく行われている坦々《たんたん》たる生活が、思い出してみると、サクラメントつまり儀式としての秘蹟《ひせき》であるかのように思われてくる次第です。

この秘蹟の意味を理解しようとして、プラトン(2)のエロス、フランチェスコ(3)のクリスチャン・ラヴ、サド(4)の性愛、スタンダール(5)の「結晶作用」、バタイユ(6)の（エネルギーの）「蕩尽《とうじん》」、その他あれこれの概念や想念について読んだり考えたりしてはみました。でも、それらの思想が僕に残してくれたものの歩留《ぶど》まりはまことに小さい、としか言いようがありません。それらは、通り一遍《いっぺん》というか隔靴掻痒《かっかそうよう》というか、それぞれ、僕の対女性心理のほんの一側面なり一次元なりをなぞってくれるにすぎないのです。

なぜ、自分の対女性の心理のことが気になっていたのか。それは、たぶん、女性の参加していないような社交の場を極度に嫌うという僕の性癖からきているのかもしれません。そんな性癖がなぜできたのか。それは、おそらく、妹が四人もいたという家族で僕が育ったせいなのかとも思われます。いずれにせよ、男性たちだけの会話において、言葉が煮詰《にっ》まってくる、それが僕には苦手なのです。女性という空気孔《こう》がないと、息が詰まってくるような気分になります。

当然のことですが、女性たちだけの会話を耳にするのも苦痛です。ごく最近、ある酒場で、若い女性が四人、ショートケーキの種類とそれらを売っている菓子店について、五十分、話に花を咲かせているのが、酒場のカウンターにいる僕の背中のほうから聞こえてきました。それには四人の若い男性も加わっていたのですが、彼らの声音《こわね》は、女性たちの話題に調子を合わせるのに精一杯で、その無理のため、すっかり引き攣《つ》っていました。なぜ、チェンジング・ザ・サブジェクト（話題を変えて）とやって、たとえば「中国人は酷《ひど》いわね、チベット人はかわいそうね」とならないのか、不思議でなりません。いや、その理由が僕なりに見当がつくだけに（理由は少しあとで、「隠喩《いんゆ》」と「換喩《かんゆ》」のところで説明します）、女性たちにおける言葉の果てしない水平移動が、僕には耐《た》え難くなってくるのです。

男性たちにおける「チベット暴動は正義だ」「いや暴力にすぎない」とか「北京オリンピックは政治の宣伝だ」「いや平和の祭典だ」といったような言葉の垂直移動が延々と続くのも、その移動の高さも深さも大したものではないと見当がついていますので、聞き苦しいものです。どうして言語活動においてアンドロジャイン（両性具有《ぐゆう》）といかないのか、異性が目前にいてくれれば、それが自分の両性具有能力を発揮するきっかけとなって面白かろうに、と僕は思いつづけてきました。

僕にあって、生命体としての活力が失われていくにつれ、ヴァイタリティ（活力）がどこからやってくるのか、論じざるべからずの気分が強まってきております。自分のいささかならず騒がしい人生の過程は、心ならずもの趣《おもむき》もあったものの、何はともあれ自分が選びとったものです。その選択へのエネルギー（元気）やスピリット（活気）はどこからやってくるのか。

活力は、それを説明するのにひとまず成功したなら、様々な機能《ファンクション》の束《たば》として表されるでしょう。たとえば言語活動の活力のことを言えば、それを何らかの意味《ミーニング》の「表現《エクスプレッション》」の機能（Ｅ）、伝達《トランスミッション》の機能（Ｔ）、蓄積《アキュムレーション》の機能（Ａ）そして（意味の）尺度《メジャメント》（Ｍ）の機能の束として、つまりそれら相互に連関した四機能を合わせて「ＴＥＡＭの構造《ストラクチャー》」として示されます。その限りで言って、僕は構造主義者《ストラクチュラリスト》です。

しかし、その意味を表現・伝達・蓄積・尺度せんとする「意欲《ウィリング》」はどこからどのように生まれてくるのでしょうか。ショーペンハウアーに倣《なら》ってそれを「意志」とよんでも、ニーチェ[8]に即して「力への意志」とみなしても、ディルタイ[7]に沿《そ》って「生」ととらえても、マルクスに殉じて「実践」と解しても、チャールズ・パース[9]に従って「行為」と名づけても、ベルグソン[10]に学んで「生の躍動《やくどう》」と表しても、ハイデッガー[11]に因《ちな》んで「死への先駆《せんく》性」と見ても、いずれにせよすべて「人間には活力がある」ということの言い換《か》えにすぎません。僕にだってそうした言い換え以上のことはできるはずがありません。

僕が気懸《きがか》りなのは、物心ついてからずっとつづいてきた（結局はごく少数に特定されることになる）あの異性との関係を持とうとするやみがたい衝動は何であったのか、ということです。それを自分で納得できるような形で説明できなくては、活力論を我が物とすることはできない、と思うのです。特定の異性に向かう関心なり行為なりは、この老境に入った自分にあってほぼ衰滅《すいめつ》しました。だが、その性的活力が精神の砂漠に没しつつあればこそ、その活力の水源と水流がかつて「生得的衝動《インスティンクト》」として自分にもあったと懐旧《かいきゅう》しそして忘却する、ということで済《す》ましたくないのです。その（どちらかと言えば好ましくない）「性向《プロペンシティ》」がはっきりと衰弱していることに安心したくもないのです。そんなことでは自分の人生に整《ととの》った「物語」を与えることができない、と思われてなりません。

十九歳になったとき、売春禁止法が施行（昭和三十三年）される直前に、札幌（の東本願寺通り）の売春宿に入った記憶についてくだくだ話すのは僕の好みではありません。その十カ月後に、やがて政治犯として獄に繋《つな》がれることになるであろうという漠《ばく》たる戦《おのの》きのなか、汚きこと限りなき東大駒場寮の布団に腹這《はらば》いながら、Mに恋文とやらを書いていたことについては、その気分は憶《おぼ》えているものの、手紙の趣旨はいっこうに思い出せません。その翌年の春に、札幌でMと会った折、そのあまりにも春風駘蕩《しゅんぷうたいとう》たる当地の景色に耐えかねた革命妄想の自分が、「こんな町は原爆で吹き飛ばされればいい」とほざいて彼女から薄気味悪がられたことは、思い出したくもないのです。さらには彼女が町医者の娘であることを知っているのに、「一番嫌いなのは強制収容所の看守と病院の看護婦だ」と口走ってしまってさらに嫌がられ、僕の恋愛沙汰《ざた》は出発と同時に終着かと少し狼狽《ろうばい》したお笑い種《ぐさ》は、言葉の活力には阿呆《あほう》な種類のものがあるということで御仕舞《おしまい》にすべきでしょう。

　それから二年後に、犯罪者の道連れにはさせたくないと言ってMと別れ、Mは激しく泣き、僕は人前から姿を消しました。しかし、焼けぼっくいに火がつくの顚末《てんまつ》になり、その責任を果たそうと、二十四歳の夏、（東大経済学部の大学院の）入院論文を実家に戻って書いておりました。それを仕上げたちょうどその日、「石狩の海に海水浴にいこう」とMが誘いにきました。小高い丘に二人して腰を下ろしていると、彼女は小走りで海へと降りていきます。昼下がりともなれば、石狩の空気はすでにひんやりとしはじめ、その人気《ひとけ》の少ない寒々とした光景のなかに、Mの後ろ姿がだんだん小さくなっていきます。しかし、「俺《おれ》はやがて〝三つめの裁判〟の『六・一五事件』(12)で、国会突入を指揮した最高責任者の一人として刑務所に送り込まれるのだが、どこまで彼女との生活の責任をとれるのだろうか。責任をとるべくあがくしかないのであろう」などと考えていると、その小さくなっていくMの姿が僕の視界を占領しはじめました。極小のものが極大になる、との錯視《さくし》現象に襲われたわけです。同時に、Mとその浜辺が巨大化するにつれ、僕とその精神がとるに足らない矮小《わいしょう》なものだ、と感じられもしました。そのときです、それまで僕の背中にしつこくとりついていた薄気味の悪い左翼の影が、すっと消えていったのは。そして、これからの自分には、他人からたとえ虫のように踏まれても蔑《さげす》まれても、この女と連れ合って生き抜くという道しか与えられていないのだと考えました。「虫のように生きる」ことくらいならできるであろうと自分を安心させたわけです。

その帰路、Mは「あなたはどうして左翼というものをやめたの」と呟《つぶや》くような口調で聞いてきました。僕の返事はおおよそ次のようなものだったはずです。「左翼方面の文献をいろいろ読んでみたところ、誠実だが愚鈍、といった印象を強く受ける。その印象のうちには、自分は間違っているかもしれぬと内心ではわかっているのに、自分は間違っていないと確信しているふりをする、ということも含まれる。その意味では、左翼の連中の誠実さというのは、傲慢《ごうまん》と同義なんだ。実は、そのことは、読書をする前にわかっていた。仲間の言動を見ていてそう思ったし、ほかならぬ自分が〝傲慢な誠実〟の轍《わだち》にはまっている、と認めざるをえなくなった。前に別れるときに話したように、そんな僕が正当な理由なしに敵対党派の人間を殺すか、彼らに殺されるのは堪《たま》らんと思った。巣鴨《すがも》の独房にいたとき、自分の死体が隅田川《すみだ》に浮かぶ、という光景をよく想像した。トロツキー(13)の長男は、親父と同じくレオンというんだが、レオンはスターリニストの暗殺団に殺されて、その死体がセーヌ川に浮かんだ。そんな次第で僕は〝戦線逃亡〟を宣言した上で、左翼から離れたわけさ」。

彼女はまた呟いた、「それでなのね。あなたがいなくなったあと、あなたは〝本当の左翼〟は何かを探すために勉強しているものとばかり思っていたものだから、私も左翼のことを知らなければならないと考えて、いくつかその方面の集会や研究会に出席してみた。すると壇上の報告者が『戦線逃亡を公言している裏切者がいる』と叫んでいる。私は直観でわかった、そういうことを平気で言うのはあなたのほかにいないと。嫌な集まりだと感じて、その後も盛んに勧誘されたんだけど、私は出席しなかった」。どんな集まりだったのかと尋ねてみると、呆《あき》れたことに、それらは僕がかつて敵対していた党派、正確には僕の所属党派を解体させ吸収した左翼組織が催《もよお》したものなのでした。

Mの家に挨拶にいくという型通りの儀式を行い、そして自分のおかれている状態を正直に報告して、「どんなことになろうとも、お嬢さんを不幸にしないように努力します」と述べました。彼女の母親は、「大学院生なんか掃《は》いて捨てるほどいる」と言い、Mは「なんてことを言うの」と反発します。僕は「お母さんのおっしゃる通りです」ととぼけているほかありませんでした。

東京で一緒に暮らすことになってからすぐわかったのは、「虫のように生きてなんかほしくない」という理想がMのがわにある、という、思えば当然の事実でした。当時、僕は収入の悪くないアルバイト(14)にありついていて、典型的な貧乏人というのではなくなっていたのです。その収入を確保すべく、朝夕の満員電車でもみくちゃにされつつ、朝の九時から夕方の五時までしっかりと勤務してもいました。それにもかかわらずMは、本人はまったく覚えていないというのですが、ある日、不意に、「私、貧乏は嫌いなの」と言いました。僕は、一瞬、自分が刑務所から出てきたあとのことを想像して彼女はそう言っているのかと考えましたが、そうではないとすぐにわかりました。それは、生きる目標を持っていない者にありがちの、また何年かにわたってかなり荒《すさ》んだ生活を送った者に特有の精神の貧相《ひんそう》さが僕の挙措《きょそ》に滲《にじ》み出ていること、それにたいする批判だったのです。

目標、理想、そのほか何とよんでもかまいません。ともかく僕の知るかぎり、女性は、夫であろうと恋人であろうと、自分の相手にたいし、日常生活の現実を何ほどか超越しているという意味で、目的次元への志向を持つことを、つまり理念を抱懐《ほうかい》することを、たとえひそかにせよ、要望するようです。大学院生として「紙と鉛筆」だけで数字のたわいのない応用問題を解いているだけの僕に、理念を語る能力も気力もありませんでした。だからMの眼には、奇妙な生き物を見る、といった気配が浮かんでいたのです。

彼女は、ある大手食品会社の意匠《いしょう》課で働いておりましたが、所得は僕のアルバイト収入より少し低い程度にすぎません。しかも世間知らずですので、デザイン感覚の勉強と称して美術館めぐりで勤務時間を過ごし、同僚から、面白がられつつも、外《はず》れ者扱いされているようでした。しかし本人にそれを意に介する世間知の才覚がないようにも見受けられました。

当分、結婚したことは伏せておりました。これから刑務所にいく者が結婚というのは、他人に知らせられる話ではないと僕は考えていたのです。何年かのちのことですが、経済学の方面で世界的に著名で、あとあと文化勲章を授かることになるある学者が、酒を飲んで斯界《しかい》のゴシップ話で時を過ごすのが唯一の趣味という人物ですので致し方ない成《な》り行《ゆ》きだったのでしょう、本気で経済学に取り組んでいない僕をさして、「奥さんのヒモとして暮している」と人前でからかいました。彼にはいろいろと世話を受けていましたので、喧《けん》嘩《か》はしたくなかったものの、やむをえず僕は、少し気色《けしき》ばんだ調子で、「そんなことを言いつのっていると、そのうちヤルゾ」と返しました。「ヤルとはどういうことか」と聞くので、「フランス映画でローベル・オッセン主演の『殺《や》られる』（一九五九）という映画があった。先生はアメリカ滞在が長いから日本語のことは疎《うと》いんでしょうが、〝殺《コロ》ラレル〟と書くんだ」と答えました。その先生は、それから、あちこちに、「僕はあの大学院生に殺《コロ》ラレル」と、たぶん本気と冗談を半分ずつで、言いふらしていたようです。

僕をヒモだと彼に吹き込んだのは、もう亡くなってしまった男ですが、学生運動を一緒にやった（のちに僕のあとを襲って東大教授となった）者だとわかりました。しかしその男に怒る気は起きませんでした。理念の一片も持ち合わせていない僕のような者は、たしかに、ヒモ同然のみすぼらしい人間と見えても仕様《しよう》がない、と諦《あきら》めたのです。ともかく、結婚してから昭和四十七年までの七年間、僕はずっと憂鬱《ゆううつ》でした。横浜国大に奉職しても、東京大学の教養学部に移ると決まっても、その憂鬱は少しも改善されませんでした。理念なしに生きているとはそういうことなのです。

一番上の妹が子供を産み、その赤ん坊がとてもかわいく見えました。後追《あとお》いで考えてみると、Ｍとの生活に何かしら大きな変化を期待してのことだったのでしょうが、僕はＭに子供がほしいと言い、横浜国大に定職を得る二年前のこと、娘が生まれ、翌年には息子もできました。娘のほうは（生まれて三カ月間ばかり、神経組織の未成熟からくる）コリック症状の次に小児喘息《ぜんそく》と、厄介《やっかい》な子供でした。Ｍの体調芳《かんば》しからずで、赤ん坊の面倒《めんどう》を看るのに僕は結構に熱中していたようです。

おまけに、Ｍの妊娠が判明する直前に、五十歳代の半ばで定年退職になろうとしていた父親に「東京に出てきたらどうか、一緒に暮らそうよ」などと誘ってしまっていました。その同居生活はMの妊娠ノイローゼが深まり、父の再就職がなかなか決まらない、という経緯のなかで、じきに破綻《はたん》しました。当時、僕という理念なき男は、家族問題に翻弄《ほんろう》されて、外面に表すことは少なかったとはいえ、精神の内面では神経症を病《や》んでいたのです。

僕は、「家族」を理念の代用品としようと、半ば無意識で、企《くわだ》てていたのだと思います。しかし家族の形成と維持は、理念なるものを自分が手に入れるに当たって、十分条件ではないのはもちろんのこと、数ある必要条件のうちの一つにすぎません。それで僕は、ホイジンガ[15]言うところのピュエリリズム（〝あそび〟の文化小児病化）にかなり深入りする有《あ》り様《さま》でいました。つまり「聖なる感覚」から見放されたまま、「曖昧《あいまい》な規則」のあそびにかまけていたのです。「聖なる感覚」というのはいかにも大仰《おおぎょう》な言い方ですが、ここで言いたいのは、「自分の欲望を制限してくれる信頼すべき規範への眼差《まなざ》し」といったくらいのことです。何はともあれ、僕の頻繁《ひんぱん》な飲酒と博打《ばくち》も時折の麻薬もわずかな数の異性との交友も、みな、「スロッピー・ハビット」（ふしだらな習慣）と謗《そし》られて当然の振る舞いであったことは否《いな》めません。

経済学について考えるのは、それが職業でありましたので、気の進まないままに継続してはいたのです。しかしどう思考をめぐらしてみても、マルクス派の「商品化の論理」にしても近代派の「合理化の論理」にしても、強い反発を覚えておりました。それらは、物質・技術・貨幣にかかわる人間活動の一側面にすぎないものを人間活動全体の土台・基礎・枠組《わくぐみ》とみなす、という「過度の単純化」をやっているとしか思われませんでした。そんなものを学者集団のパラダイム（固定観念としての思考範型《はんけい》）にするやり方に追随したくなかったのです。それらに意味があるとしても、人間の現実性《リアリティ》とも現存性《アクチュアリティ》ともあまりにも遊離した形での「疎外《そがい》」（マルクス派）や「自発的選択」（近代派）のメタファー（隠《いん》喩《ゆ》[16]）なのです。メタファーであるのはよいとしても、あまりにも矮小《わいしょう》な隠喩には本気でかかずり合う気は起こりませんでした。それにとって代わる総合的で重層的で多面的な隠喩を探索する営みに着手すればよかったのです。しかし当時の僕は、もう三十の声を聞いていたというのに、怠惰でありすぎ、家族のことが心配でありすぎ、そして何よりも知的に未熟でありすぎました。

Mは妊娠と同時に僕が退職させましたので、家事と育児に懸命でした。虚弱体質のせいでしょうか、その努力はまさに「命を懸《か》ける」といった雰囲気があったのです。それを見るのが辛《つら》いということもあって、僕は「ふしだらな習慣」からなかなか足を洗えないでいました。Mのがわからすれば、理念はもちろんのこと、何の目的もなしに生きている男を夫にしていることの不愉快を感じていたことでしょう。その気持ちを、家事・育児に専念することでごまかしたいと、彼女は必死だったのかもしれません。

女性のいわゆる「現実主義《リアリズム》」から彼女が家事・育児にのめり込んでいたのだ、と僕は考えていませんでした。たしかに、女たちが「強き性」であるのは、生活の現実に密着する能力において勝《すぐ》れているから、ということでありましょう。それをヤコブソン[17]に倣《なら》って言語論的に解釈すれば、メトニミー（換喩《かんゆ》）[18]を紡《つむ》ぐ能力に、つまり「事物における諸部分の隣接関係《コンティグュイティ》（繋がり）を表現する能力」に秀《ひい》でているということです。それは行為の「目的と手段」のレベルを固定した上で、それぞれの内容について細《こま》かく言及していくということですから、精神の「水平運動《ホリゾンタル・ムーヴメント》」を得意とする、ということです。精神の水平な動き、それが女性の生き方として、現実主義と見えさせるわけです。

しかし女性は、自分らに理想主義の傾《かたむ》きが弱いこと、メタファー（隠喩）形成の能力が乏しいこと、そして精神の「垂直運動《ヴァーティカル・ムーヴメント》」が不足していること、その意味で「弱き性」であることを自覚しております。目的を高めたり、手段を深めたりするのが苦手だと、彼女らは自認しているのです。そしてその「欠乏《ウォント》」をできれば充足させたいと「欲求《ウォント》」します。その欲求実現を男性を手に入れることで果たそうとする、それが女性の振る舞いの基本型だと僕は思います。女性が獲得したいのは男性の理想主義《アイディアリズム》です。その男性の振る舞い方は、メタファー（隠喩）を語る能力に、つまり「ある事物の全体をほかの事物の全体で表現し直す能力」に勝《すぐ》れ、それゆえ精神の垂直運動を得意としていることからやってきます。この場合、逆も真なりです。男性は、自分がメタフォリカルな力量において「強き性」であることを察知しています。それと同時に、メトニミカルな才覚において「弱き性」であることも自覚しているのです。

要するに男女はそれぞれ、自分の優等な業《わざ》を異性に誇示しつつ、おのれの劣等な業を補《ほ》塡《てん》してくれ、と相手に頼み込んでいるわけです。性欲とか美貌とかいった要素も男女関係には不可欠なのですが、それら生物的要素を精神作用によって解釈し直して意味づけるのです。その意味づけの構図が「換喩と隠喩」の仕組であると僕は言いたいのです。人間の活力はこうした換喩と隠喩における「依存と補完」への欲求である、と僕には思われます。

八年ほど前の夕方、男におけるメタファーと女におけるメトニミーの極限めいた場面、それを西武線で見かけました。あれこれ話し込んでいる我ら夫婦に、隣の席から、八十歳代半ばとおぼしき老婆が、「仲の良い夫婦だね、仲の良いのはよいことだよ」と話しかけてきて、「私たちは病院に戻るんだ。癌の末期でもう助からないから、一度、家へ帰っていいと言われたんだよ。向かいの惚《ぼ》けた男が私の主人さ」と元気な声です。僕は「御主人、辛《つら》そうにしていますね。どこの癌なんですか」と尋ねると、「癌なのは私のほうさ。主人は惚けてしまって、もう右も左もわからないんだ」と言います。僕が言葉に窮《きゅう》していると、彼女は「でも、男はやっぱりいたほうがいいね。二人で道に迷うと、主人が『こっちだ』と言うんだよ。それは、大概《たいがい》、間違っているんだけど、男が方針を出してくれないと、女は動けなくなってしまう」と言う。

僕がメタファーと言うのは、「新しいイメージの下で新しい目的に沿《そ》うような新しい手段を探す」といった営みのことです。メトニミーというのは、「古いイメージの下で、既《き》存《そん》の目的に叶《かな》う別種の手段や既存の手段で可能となる別種の目的を見つける」といった作業のことです。この老夫婦は、惚けと死のただなかにおいてもなお、男女の役割を守りつづけているのでした。

自分のことに話を戻しましょう。家事、育児といったメトニミーの作業に精出《せいだ》したとて、僕の場合、男の長所たる隠喩形成能力が枯死《こし》も寸前であったのですから、Mが満足するわけはなかったと思います。僕のほうは、彼女に何の不満もなかったものの、彼女にたいして提供するものが、メタファーとほとんど無縁の生活資金に限られていることに、そんなつまらぬ存在となっている自分に、嫌気《いやけ》がさしつつありました。そういえば、社交の場もいろいろと与えたのですが、それに対処する体力が、家事と育児に疲れた彼女にはもう残されてはいないのでした。

そんな日々を送っているうち、昭和四十七年、とうとう連合赤軍事件が起こりました。群馬県の榛名《はるな》山での集団リンチ殺人事件と浅間山荘での銃撃事件です。山荘での銃撃戦では、僕は、思えば無責任な野次馬として、「もっとガンガン撃て」などとテレビの前でほざいておりました。Mが「どういうことなのか説明してほしい」と言います。僕に言えたのは、「全共闘運動が政治権力や警察権力にこうまで抑《おさ》え込まれたら、彼らの過激な心性が銃に手をかけるのは物理的な必然ということさ」ということくらいでした。「銃撃戦に何の意味があるのか」と聞かれても、「ひとたび〝革命〟の語を吐《は》いてしまえば、その言葉を取り消さないかぎり、論理と物理の赴《おもむ》くところ、銃撃戦が起こるということだよ。僕らの場合は、まだ牧歌的な時代で、子供のように石礫《いしつぶて》を投げ、それで逮捕・起訴されて一件落着となったわけさ。もう少し若ければ、僕も銃を手にしていたと思う」と暢気《のんき》に答えていました。

そのあとに「十二人のリンチ殺人」のことが発覚したのです。Mは涙をこぼしながら言いました、「やっとわかった、十一年前に、『わけもなく殺したり殺されたりする強い予感がするので左翼であることをやめる』とあなたが喋《しゃべ》っていたことの意味が」と。

今にして論点の整理をしてみれば、議論から喧嘩へ、喧嘩から投石へ、投石から銃撃へ行動のシフトはメトニミーの表現です。そして議会から秘密結社へ、秘密結社から街頭示《じ》威《い》へ、街頭示威から暴力革命への観念のジャンプはメタファーの表現なのでしょう。換喩と隠喩のいずれのはたらきにせよ、話の道筋をショート・カット（短絡《たんらく》）させるのが急進主義《ラディカリズム》だということです。それは根底的《ラディカル》な営みと見えようとも、人間精神の根本を狭くしかとらえていない所業《しょぎょう》です。その意味で、〝文化的小児病〟なのです。

その狭さとは、これも後《あと》知恵の整理ですが、一つに、人間の精神のフォリブル（可謬《かびゅう》的）であることを自覚しようとしない傲慢のことです。二つに、人間のどんな結社も、その基礎がコミュニティ（共同体）でなければならないからには、ゲマインシャフト（共有感情にもとづく社会有機体）が歴史的に醸成《じょうせい》されていなければ、遅かれ早かれ瓦解《がかい》に向かうということについての軽視のことです。三つに、誤謬《ごびゅう》から逃れる作業も共同体を確認する仕事も、格別の不合理に人々が顕著《けんちょ》に苛《さいな》まれているという特殊な現実がない場合には、漸進《グラデュアル》的でなければならない、ということにたいする無知のことです。自分は、かつて、そうした狭さを自分の心身において痛く感じ、その狭さの果てに謂《い》われなき殺戮《さつりく》が待っていると強く思いました。それでいわゆる左翼過激派から姿を消すと宣言したのです。さらには、左翼穏健派の思想と態度こそが、もっと広く近代主義における自由・平等・博愛の理想主義そのものが、そうした急進主義の錯誤の温床《おんしょう》であると見極《みきわ》めもしたのでした。

そうであったはずなのに、「すべては刑務所から出てきてからのことにしよう。生活の長期展望が定まらなければ、目先のことをあれこれ考えても無駄だ」という言いわけを自分でこしらえ、その日暮らしをやっていました。いや、昭和四十七年には、すでに三つめの裁判も執行猶予という奇跡めいた結果となっていて、学職にも就《つ》いていたのです。だから、問題を先送りする理由すらがなくなっていたのです。そうであるにもかかわらず、僕はその日暮らしの習性を振り払えないでいました。それには、たぶん、「紙と鉛筆」のほかには何もない、紙と鉛筆で数字弄《いじ》りをしてる以外に何もしたくない、という暮らし方が身についてしまっていたせいでもあったのでしょう。そんな僕を、自分の人生で唯一《ゆいいつ》と言ってよいような、身のおきどころのない不安に落とし入れてくれた、それがあの「連赤事件」だったのです。

「心を入れ替える、生活を変える、書物を読んでみる、人間と社会について考えてみる」と僕はMに宣言しました。それから三年ばかり、友人に金銭の工面《くめん》を頼んだ上で、少しでも興味のわく書物は何でも買い漁《あさ》り、埼玉県草加《そうか》市の団地の四畳半部屋に座り込みました。「そのうち達磨《だるま》さんになるわよ」とMにからかわれながら、書物を読み漁っていたのです。そうは言いつつも、僕の達磨さんぶりに満足している、という表情を彼女はしておりました。あまりに急進的な遅ればせの学習ぶりだったので、僕のさして大きくない頭がパンクするかという不安も少しは生じたのです。事実、頭も体も火照《ほて》ったまま、といった具合でした。しかし、当時の学校《スクール》は教師に十分の暇《スコーレ》を与えてくれていました。暇《ひま》が多いものだから、放《ほう》っておけば自分の頭が無意識のうちにおのずと情報を整理するであろう、と高をくくっていたわけです。

その過程で、Mがひそかにつきつけていた要求に僕が応えた、つまり理想のかけらくらいは持つという義務を自分が果たした、とまでは申しません。僕が持つのに成功したのは理想願望能力だけだったのでしょう。第一に、自分を取り囲む物事のメトニミカルな構造（日常生活と職業生活と社交生活それぞれにおける事情の繋がり方）の全貌が見えてきました。第二に、その水平の構造に条件づけられた限りのことですが、自分の思考と行動をどのくらい高められるか、またどのくらい深められるかという垂直の構造にも見通しがついてきたということです。まとめて言えば、ある幅《はば》とある高さを持つ、円形に近い形状が僕の精神において形成されはじめたのです。そして自分の生き方に少し自信がついてきたので、執筆というものを徐々にやりはじめました。

Mは、そんな僕を尻目に、彼女に時折に与えられる僅少《きんしょう》の余暇には、たとえばトールキン(19)の『指輪物語』や『三国志演義《えんぎ》』(20)を家事・育児を忘れるほどに熱中して読んだりしていました。育児で疲れたときには、モーツァルトやシューベルトを聴きながら転《うた》た寝《ね》していたこともあります。それでも僕の書く原稿に眼を通してくれることもありました。僕は、自分がどうもうまく書けなかったと思うときだけ、彼女に読んでもらうというやり方をとっています。するとMは、大概《たいがい》、読んだあと何も言わずに台所に向かいます。その背に向かって、僕は「気に入らないのなら、どこがどう悪いのか、どこをどう直してほしいのか、一言か二言、コメントするくらいの親切がないのか」と怒鳴《どな》ります。彼女からの反応は、かならず、まったく、ありません。僕は、気をとり直して、書き直します。それを読んで、彼女は「良くなったじゃない」と満足げにしているわけです。

そんなことが、現在に至るまで、つづいてきました。それを見ていて、僕は次のような仮説を組み立てずにはおれないのです。女性には理想（およびその一種としての理論）を形成するメタフォリカル・パワーは、あるにはあるのですが、それはおおよそ潜在能力の域《いき》を出ることができないのではないでしょうか。その意味で、女性の言語能力は、良かれ悪しかれ、「身体のなかに閉じ込められている」と思われます。しかし感覚次元にあるそのメタフォリカル・パワーは、男性が顕在化させてみせる理想・理論の出来具合の巧拙《こうせつ》をすみやかに見抜きます。しかし感覚では判別していても、それを観念で表現することが彼女らには不得手《ふえて》だし嫌いなのでしょう。

男性がわで言えば、事実（およびその繋がり）を叙述《じょじゅつ》するメトニミカル・パワーの、潜在能力があるのみならず、顕在能力もあるのでしょう。しかし、メトニミーを表現しつづけるのに退屈を覚えます。それは、たぶん、男性におけるメタファーへの愛好が、メトニミーにかまけていると、阻害《そがい》されるからです。女性たちがメトニミーをいつまでも紡《つむ》ぎつづけるのを聞いているうち、「だからどうした」と叫びそうにしている男性たちを、僕はたくさん見てきました。もし、「うちの会社の事情」といったようなビジネス話（としてのメトニミー）に仲間内だけで明け暮れる男性が増えているのだとしたら、それは男たちの女性化現象が進んでいるとみなしておけばよいのです。

そういうことだとしたら、男女が一緒に暮らすことには、根源的なところで難関があると見なければなりません。恋愛にも婚姻にも、いつまでも埋まらぬ溝《みぞ》が深くうがたれているということです。しかしこの無理を引き受け、この溝を飛び越えるように、女も男も、宿命づけられているのだと僕は思います。というのも、男女関係が、その難題をみずからに課す、という滑稽な振る舞いに着手し、その危険な営みを継続させること、それが人生の妙味《みょうみ》だと考えればどうでしょう。かならずや死をもって幕を閉じる人生の冒険物語を語り継ぐに当たって、最も実り多い訓練場となるに違いないのです。

これまで「水平／垂直」の軸で言語活動における性差を論じてきました。しかし、実は、性差はもっと複雑なのです。水平軸（メトニミー）で言うと、女性は物事の「差異化」よりも「同一化」に勝れており、だからこそ、しばしば「好きか嫌いか」という大まかにして効果的な基準で物事を大別するのです。男性はその逆で、彼らにとってあるメトニミー能力は、たとえば「嫌いなものの持っている利点」を発見する、というような煩雑《はんざつ》にして非効率な基準で物事を細別《さいべつ》したりしています。垂直軸（のメタファー）で言うと、女性は理想・理論を、「超越化」させるよりも、「身体化」させる傾《かたむ》きが強いように見えます。それゆえ（家事・育児をはじめとする、身体に直結する）仕事のやり方に、人生の理想・理論を発見したり体感したりするのに巧《たく》みです。逆に男性は、典型的には、科学的な真、宗教的な善、芸術的な美などといった超越性の次元に思いを馳《は》せがちとなります。

言うまでもありませんが、言語の水平軸における「差異化／同一化」も、垂直軸における「超越化／身体化」にも、平衡《へいこう》がとれていなければなりません。そうでなければ、人間は狂気に舞い上がったり凡庸《ぼんよう》に沈み込んだりします。そうした危機を防ぐのに異性の存在を必要とする、それが異性への接近衝動の源泉なのではないでしょうか。性欲にしてすらが、獣性に不足しているものとしての人間の場合、そうした言語的な了解がなければ、萎《な》えてしまうのです。言語活動においてバランスをとる必要、それが人間活力の本源だという仮説、それから僕は離れられません。それを捨てなければならない必要に迫られたこともないのです。

もちろん、この必要を充《み》たすためには夫婦関係が絶対になければならない、ということではないでしょう。ただ、はっきりしているのは、その言語上のバランスに達するのは、その近傍《きんぼう》に近づくことすら、一朝一夕《いっちょういっせき》では不可能だということです。それどころか、相手の心身が平衡に近づくのに貢献すべく相互扶助《ふじょ》の構《かま》えをもって自分の心身を長期にわたって提供しなければなりません。そういう相互犠牲についての暗黙契約がなければ、双方の心身の平衡化作業が、進捗《しんちょく》しないどころか、開始されないのです。「日本人よ、蹴球《しゅうきゅう》（soccer）で興奮しているふりをするより、扶助（succor）に精出すほうが面白いぜ」と冗談を飛ばしたくなります。その意味で、一夫一婦制を軽《かろ》んじる者は、ついに男女関係の奇跡も秘蹟も理解することはできないということになりましょう。

Ｍの相手が僕でなければならなかったとか僕の相手がＭでなければならなかったという事由《じゆう》など、あるはずがありません。人生の伴侶《はんりょ》の選択にあっては、まず自分らのあずかり知らぬ所与《しょよ》として出会いの「状況」が偶然にやってきます。Ｍと僕の場合、高校二年の始業日に、彼女が三十分も遅れて教室にやってきて、空いていた僕の前の席に、たぶん緊張のせいでしょう、ドカッと座り、髪に積もった雪を手でバサッと払い、それが僕の顔にかかったというのが出会いの光景でした。次にその状況の展開が大いなる「不確実性」によって彩《いろど》られていると知ります。我らの場合、僕がどんな政治犯になるのか、どこの大学の教師になるのか、やはり不確実だったのです。さらにそこで「良心《コンシャンス》」もしくは「意識の根源《コンシャスネス》」から発するような、「これを連れ合いとせよ」という声がどこからともなく聞こえてきます。僕も、そんな声を「ユネスコ村」あるいは「石狩の浜辺」で聞いたような気分に襲われました。最後に、その声に「疑いを寄せる」必要を感じもしますが、「聴き従う」ほかないような衝迫感にも動かされます。事が後者に傾くとき、その相手が連れ合いと決まります。僕らにあっても、そのような逃れ難い心理のメカニズムが作動《さどう》していたようです。それ以上のことは、詮索《せんさく》しても仕様《しよう》がないのです。なぜといって、恋愛感情が始まるや否や、ましてや恋愛関係が持続するにつれてますます、相手の感情や論理が自己のうちに組み込まれてきます。自分が恋愛以前とは異なった者に変質していくわけです。

口幅《くちはば》ったくも、各種の恋愛論を軽く評論してみましょう。まず、恋愛問題にことのほか執着して、恋愛感情の分割《ディヴィジョン》というべきものを推し進めてきた文学方面の作品が数多くあります。それらは、思春期や青年前期の未熟な精神にのみ読了可能なもの、と言えば言いすぎでしょうか。それらは恋愛感情への包括的《コムプリヘンシヴ》なとらえ方が乏しいということです。そうであればこそ、近代小説は「恋愛心理の貧血状態」を描くことに強く傾斜するのだと思われます。男女間の「失感症」（無気力《ノンシャランス》）は、家族をはじめとする共同体の崩壊つまり「失関症」（無規範《アノミー》）に根差しています。そういうことなのですから、「前近代への抵抗」としての恋愛、という北村透谷《とうこく》[21]流の恋愛観は、またそれから派生してきた数々の恋愛文学作品も、それら自体が失関症の現れなのですから、いずれ失感症にはまっていきます。

また、「今、此処《ここ》」に、（たとえばMという）固有名詞を有する異性を性交渉の相手とすることに決断主義《ディシジョニズム》をかざして恋愛を神秘化したり、その決断から逃れるため、恋愛を不可能とみなすという脱構造主義《ポストストラクチュラリズム》[22]があります。しかし、Mと僕の関係にかぎらず、どんな男女関係も、冷静に眺めれば、その時代の構造に根差す一つの平凡な出来事にすぎません。そこに、神秘がないのはむろんのこと、異常は何一つ見られないのです。男女関係に入ることの決断とて、言挙《ことあ》げするほどのものではないでしょう。

さらに、恋愛のなかに「幻想《イリュージョン》」の高まりを見て、それらの幻想が既存制度からの自由をもたらしてくれるというふうに描く浪漫《ろうまん》主義も、困りものです。そういう見方は、人間の本質が「幻想的動物」という点にあり、それゆえ、人間の人格をすら含めてすべての「制　度《インスティテューション》」が「物語的理性」（物語の仕組を土台とする理性）の産物であることに気づいておりません。幻想はごく普通の精神状態なのですから、それにことさら意味を付加してはならないということです。

そのことを、僕は、自分にとて覚えがないわけではない女性たちとのいくつかの沙汰《さた》を通じて、知らされもしました。つまり婚姻という制度は、幻想的動物たる人間にとって、絶対とは言わぬまでも絶好の棲《す》み処《か》だということです。棲み処を持つ者としての住民《インハビタント》とは、習慣《ハビット》の中に入《イン》る者ということを意味します。それをドゥウェラーと呼び替えても、「立ち止《ど》まる者」のことです。いずれにせよ、定住地を持つことを予定しないような男女間の幻想的な行為は、是非もなく、挫折に立ち至らざるをえません。大概《たいがい》の男女は、そのことを実際に体験してはじめて、家庭という定住地が巨大な引力を有した膨大な幻想体系であった、と後追いで知るのです。僕もまたそうした後知恵に到達していることを、Mは、大略《たいりゃく》、察知しているようでした。ただし、我らのあいだに、その種の沙汰をめぐって言葉が交《か》わされたことは一度もありません。そうするのが連れ合いにおける作法である、と互いが強く感じていたということです。

恋愛が人の世の「秘鑰《ひやく》」（秘密の鍵）であるのは、恋愛の何たるかを知れば、人間が幻想から自由でありえないと認識できるからでしょう。その意味での鑰《かぎ》として、竹田青嗣《せいじ》氏の『恋愛論』は力作で、恋愛感情を「プラトニズムとエロス」という軸で見るのは正鵠《せいこく》を射《い》ております。僕はその論に、（思想界では一世紀以上も前にすでに生じていた）いわゆるリングゥイスティック・ターン（言語論的転回）を与えてみたいのです。

恋愛におけるプラトニズムにあっては、精神の超越化に長《た》けた男性が、おのれのなす物事の差異化に限界を感じ、その同一化をめざす、という女性的な企《くわだ》てをあえて行います。恋愛における「良い形《グッド・フォーム》」としての「イデア」を構想せんとするわけです。他方、恋愛におけるエロティシズムにおいては、精神の身体化を得意とする女性が、おのれのなす物事の同一化に退屈を感じ、その差異化をめざして、あえて男性的な冒険を行います。恋愛における「刺激的な性愛」としてのエロスを感受しようというのです。この男性と女性の双方からの「想像力《イマジネーション》」のはたらきかけによって、両性が接近します。

その接近の究極の果てに両者の精神が合一するのを「完成《パーフェクション》」とよべば、「完成への幻想」というものがたしかに存在します。たとえ無自覚にせよ、そうした類《たぐい》の幻想があるとしなければ、恋愛への熱中やその持続の所以《ゆえん》をうまく説明できません。この「完成への果たせぬ夢」こそが、恋愛のことにかぎらず、人間活力の大本《おおもと》なのだと僕は思います。その夢が生起する必然とその夢が破綻《はたん》する必然とをともども学ばせてくれるのが恋愛の場所なのだと言ってもかまいません。

ちなみに、恋愛における病理としての（サディズム）のような「支配欲《ドミネーション》」は、「自己の拡大」（および「相手の縮小」）としての個人の自律性の過剰です。また（マゾヒズム）のような「犠牲欲《サクリファイス》」は「自己の縮小」（あるいは「相手の拡大」）としての個人の他律性の過剰です。両方とも、恋愛にあっては双方の自己が変容することを看過《かんか》しているという点で、「完成への志向」を当初から欠いております。サドもマゾも、「イズム」となってしまえば、やがて活力をなくし、単なる悪習に落ちていくということです。恋愛にかんする変態論は、やはり、二十歳代で卒業すべきものではないでしょうか。「弱冠《じゃっかん》」の認識にあっては、『論語』に倣《なら》って言えば、「思う」ことのみ多くて、まだ「立《た》つ」（「三十にして立つ」）ことを知らないのです。

僕が言語と言うのは、仕種《しぐさ》のようなボディ・ランゲジを含めた広い意味のものです。僕はパソコンに触れたことはありませんが、ＴＶで映画を観《み》ることが少なくありません。だから、マシン・ランゲジも言語に含めるべきでしょう。また言語には、自然（日常）言語のみならず人工（科学）言語も含まれます。ついでに言えば、沈黙とて、人間の場合は、言語としての機能を果たしていることが多いのです。それら広い意味での言語の活動を、その活動における平衡という意味の完成をめざしつつ、死ぬまでつらぬき通す、それ以外に生き甲斐《がい》も（同じことですが、死に甲斐も）ないのです。

Mと僕は、三日前の晩、変な会話をやりました。Mは漢方治療を受けています。それで、たとえば彼女の尻、背、腹、胸に、三日行って三日休むという割合で灸《きゅう》をやるのが僕の仕事です。灸に要するのは一時間くらいですが、灸を休む日は按摩《あんま》を三十分ほどやります。そんなことをやったあとで、僕はトイレに腰かけました。我が家のトイレの壁紙は蔓草模《つるくさも》様《よう》でした。それは、物事の細かな繋がりにかんするメトニミーに極度に弱い僕ですので、今さらのごとくわかったことです。灸のメトニミーに従事したから蔓草模様が眼に入ってきたということなのでしょう。いささか疲労気味で茫然とその模様の曲線ぶりを眺めておりますと、そこにMの身体の（老いたとはいえ曲線の多いことは確かな）体型がゆらゆらと浮かんできます。そのことを僕はMに知らせました。すると彼女は、ウフフと軽く笑ったあと、すぐに眠りに落ちていきました。僕の気のせいかもしれませんが、その眠り方は、いつもよりもわずかに安らかであるように見受けられたのです。

二日前の昼にも妙なことが起こりました。この文章の（Mの言動に直接触れた）部分を読んで聞かせたところ、彼女は「何でもありでいいわ。書きたいことを書いてかまわない」とだけ言います。そんなことは、これまで、めったにないことだったのです。今度の手術のかなり前に、僕は、ある原稿で、「疲れ気味の妻は、車内で酔っ払いの大男が大騒ぎを演じているにもかかわらず、車窓から、アイルランドの湿原《しつげん》に夕日が落ちていくのを、ぼおっと眺めていた」と書きました。それにたいし、彼女が猛然と抗議してきたのです。「あの美しい風景を私が〝ぼおっと〟眺めているわけがないでしょう。〝大騒ぎ〟のことなんかまったく耳に入らないくらい真剣に、私はアイルランドの風景を見つめていたのよ」とのことでした。要するに、自分の死を凝視《ぎょうし》している今の妻は、亭主が取り残されることになるに違いないと確信しているということです。つまり、死んだあとでは僕の文章をチェックすることなど叶《かな》わぬ話と心の底から察し、その心の状態をあらかじめ表明しようとして、「何でもありでいい」と言ったのだと思われます。

昨朝《さくちょう》も珍しいことが起こりました。新宿でわけがあって、僕は朝の八時に帰宅したのです。普段《ふだん》ならば、少なくとも五言《ごこと》くらいは、「七十になろうという者が何という体《てい》たらくか」という叱責《しっせき》がくるはずなのです。ところが昨日は、たった一言、「呆《あき》れたわ」で済ましました。それは、察するに、「自分が先に命を終えれば、この男の面倒《めんどう》はもう看《み》れない」という認識を現在に当てはめたということなのでしょう。そういえば、Mは息子に言ったようです、「お父さんの面倒を看ようと思っていたのに、それができなくなるのが残念だ。しかし、それ以外には私は十分に生きた。あなたも心残りがないように生きなさい」。

　こんなささやかな出来事に僕はなぜ気を留《と》めるのでしょう。それは、「棒大なる針小《トウリメンダス・トウライフル》」（チェスタトン）とまでは言いませんが、「死期《しご》の眼」の眼力《がんりき》には相当のものがあると言いたいからです。死にゆく者は、どうあがいても、「絶望」を目線や顔つきや片言に浮かべます。しかしそれは「希望」を忘れ難いからなのでしょう。男女関係のことで言えば、自分ら二人の（言葉を中心に据《す》えた）交際が、脱線や墜落にしばしば遭遇したけれども、しかしともかくも平衡の回復のために努めたという記憶を忘れられないのです。平衡の具体的な基準は、とくに状況が転変していくせいで、探索したけれども見定められなかったと言ってかまいません。その残念は、死にゆく者には絶望をもたらしはするでしょう。しかし、それを見定めることへの希望、それがあったればこそ自分の生と死に意味が宿るのだと、死期の眼は沈黙のうちに語っています。せめて連れ合いには、その果たせなかった希望の軌跡を覚えておいてもらいたいと期待するのでしょう。できればそのことを確かに伝えてほしい、とその眼は言わんとしてもいます。

その沈黙の要求に十全に応《こた》えるのは、どんな連れ合いにも、不可能でしょう。しかしそうと知りつつも、その責任を十二分に果たしてみせるという芝居を真剣に演じて先立つ者を見送る、それが連れ合いの義務なのだと思われます。そういう種類の義務を人々が担《にな》い、その努力の堆積《たいせき》が制度の体系をなしてきました。そしてその体系が自分らの生きた社会と歴史を根本において支えてきもしたのです。その社会・歴史の流れのなかに自分らが存在していたわけです。そうとわかれば、その生も死も、その大きな流れのなかにある一つかニつの分子に与えられた役割を、演じそして（死とともに）終える、ということ以外ではありえません。そのように得心《とくしん》するほかないのです。

しかし、それにしても、身近の女性の死期《しき》を目《ま》の当たりにするのは、妹のであれ妻のであれ、そのほか誰のものであれ、厄介なものです。彼女らは、あえて誇張すると、メタファーのなかに逃れることを知りません。つまり、自分の生死をたとえば宗教観や歴史観や国家観のなかにおき直す、というような観念操作は得手《えて》ではないのです。生活の事実的な連関としてのメトニミーに生きるのを旨《むね》とする、それが彼女らの生き方でした。そういう者たちの死には悲しみの雰囲気がおのずと醸《かも》し出されます。男の場合、これも誇張してのことですが、自分の死を笑って迎える勇気、自分の死を差し出す対象としての正義、自分の死を意味づける思慮、自分の死に方における節度などについて、メタファーを創造することができます。そうすることによって、ある程度までは、死に対面する現実を死を超越する理念へと「昇華《サブリメイト》」させることができるのです。

しかしそういう男たちが、昇華《しょうか》ということを知らぬ者たちの、いわば直接的な死を見させられるときに、何が起こるでしょう。僕の場合、胸塞《ふさ》がる思いがかえって強くなる、ということなのです。僕は、もう十数年も前に死んだ飼い猫のことを覚えています。彼は、猫であるからには致し方なく、死の直前においても死の何たるかを意識することができないでいました。その五歳の（息子が拾ってきた元は野良の）猫の両目に浮かんだ「透明な悲しみ」とでも言うべきものを、僕はまだ忘れられないのです。自分の生死を対象化する（しない）ということは、生の充実を素直に味わえない（える）ことであり、その死を昇華できる（できない）ということです。少なくともこの点にかぎって言うと、女性は猫にちょっと近いところがあります。だからその死期の眼に「透明な悲しみ」が浮上し、それを眼にする僕にたいして、昇華不可能な「憐憫《ピティ》」の感覚を残す、ということになるのです。いや、その感情には「敬虔《けいけん》」に近いものがまじっています。つまり、運命の差配《さはい》にひれ伏すしかないという気分になりもするのです。

人間の言語能力が（進歩《プログレス》とは言わないものの）進化《エヴォリュート》すべきものなら、メタファーはメトニミーより進化の程度が高い比喩《ひゆ》法だ、と言って差しつかえありません。メタファーには「既存の自己を超越したところに新規の自己を形成する」というはたらきがあるからです。その進化から文明の誇る科学、芸術、宗教などがもたらされもしました。しかしメタファーが（メトニミーから遊離して）自動症《オートマティズム》となって独《ひと》り歩きすると、（シュペングラー（23）があらゆる形態の文明に宿命として生じると診断し予告した）あの「没落《ウンターガング》」が始まります。自己超越が自己喪失に転落すると言っても差しつかえありません。男女の「連れ合い」が必要なのは、男性のがわから言えば、この没落を免れるためです。女性のがわから言えば、「進化」の刺激がなければ、「人間」の世が面白くならないからでしょう。ついでまでに、Ｍの吐いた無数の言葉のうちで僕が最も好きなのは、「男たちがいなくなったら、この世が寂しくなる」というやつです。

こうした事柄を（Ｍの体調に差し障《さわ》りのない言い方で）喋《しゃべ》ってみる、それ以外に僕には彼女を見送る方法が見つかりません。そういう見送り方ができるのは、僕らが夫婦であったおかげなのだと考えてもいます。そして我ら夫婦は、死そのものについては、論じるに値《あたい》しないばかりか、感じることにも意味がないとわかっています。なぜといって、永遠に死ぬことのないカプセルに入れられたような命のカップル、そんな不気味なものにはなりたくないからです。

半年ほど前のことでしょうか、近所の（郊外を走る）モノレールに立川駅から乗ったとき、僕たちと同じ齢《とし》の足の不自由な夫人から声をかけられました。彼女の一人息子が、引き籠《こ》もり症候群で、そして僕の本ばかり読んでいるというのです。「それは御心配ですね」などと笑いながら応じていたら、彼女は自分の生い立ちを語りはじめました。朝鮮半島の平壌《ピョンヤン》で生まれ、敗戦の過程で、鹿児島出の警察官の家族のせいだったのでしょう、祖父母も両親も兄姉も殺され、自分一人が収容所に入れられたあと、日本に送還されたというのです。また四十二歳で亭主にも死に別れたと言っておりました。「今日は立川にお買い物でしたか」と聞くと、「そう、お寿司を買いにね。私が六歳のとき、母親が臨終の言葉で、自分の墓に寿司を供《そな》えてくれと言ったのを聞いているものだから。墓に生物《なまもの》というのはないと思うけど、何しろ遺言だから。自分で作ればいいんだが、こんな体なもんで、出来合いを買いに来た」ということでした。こういう体験を持った人間が、世界中にごろごろいると僕らはわかっています。だから、死そのものに思い入れをするのは、それができれば楽なのかもしれませんが、Mにも僕にも不可能です。どういう死に方をするか、それを問題にするしかない次第なのです。

Mはやがて鬼籍《きせき》に入る、と予想されます。さて、取り残されるはずの僕がどういう死に方をするか、その物理的な形態それ自体もどうでもよいことでしょう。死に方についての思想を書いておくこと、そしてそれを身近の者たちに納得させること、それは僕の（知識人の端《はし》くれとしての）仕事かもしれません。しかし僕の生命それ自体がどういう形で消失するか、そんなことは、僕自身にすら関係のないことなのです。与えられた条件のなかで「簡便死《かんべんし》」とでも言うべき形をとればよいのでしょう。生命（それ自体）の尊厳などは嘘《うそ》話《ばなし》です。したがって「尊厳死」という呼称は、僕にはありえません。また、おそらく僕の娘と息子は僕の死にさほどの安楽を覚えないはずですので、僕の死を「安楽死」などとよんでほしくないのです。死すべきときに、とるべき方法で死ぬ、それを僕は「シンプル・デス」（簡便死）とよんできました。僕がそう考える人間だということをよく理解するほどに、Mは僕の面倒を看つづけてもくれました。

（1）ショーペンハウアー――一七八八～一八六〇。ドイツの哲学者。世界は表象であり、「盲目的な生存の意志」の客体化であるという立場から、人生が苦で悲劇であるという厭世《えんせい》哲学を説いた。自殺について「死は生の目標である」として体系的な考察を残した。主著『意志と表象としての世界』など。

（2）プラトン――前四二七～前三四七。ギリシャの哲学者。霊肉二元論の観念論者で、真に普遍的な実存は理性の目でとらえたイデア（純粋思考）だけだとする。主著『ソクラテスの弁明』『饗宴』など。

（3）フランチェスコ――一一八二？～一二二六。イタリアの聖人。托鉢《たくはつ》による愛と清貧の生活を実践した。フランチェスコ修道会の創立者。

（4）サド――一七四〇～一八一四。フランスの作家。サディズムと言われる性的倒錯を描いた。代表作『悪徳の栄え』『ジュスチーヌあるいは美徳の不幸』など。

（5）スタンダール――一七八三～一八四二。フランスの作家。個人対社会の関係を明晰に描き、リアリズム小説の古典とされる。代表作『赤と黒』『パルムの僧院』など。スタンダールは評論『恋愛論』のなかで、「私が結晶作用とよぶのは、我々の出会うあらゆることを機縁に、愛する対象が新しい美点を持っていることを発見する精神の作用である」と述べている。

（6）バタイユ――一八九七～一九六二。フランスの作家・思想家。蕩尽や非生産的行為のなかに聖性や至高性を見る思想を提唱した。主著『エロティシズム』『呪われた部分』など。

（7）ディルタイ――一八三三～一九一一。ドイツの哲学者。歴史的人物や精神史の研究を基盤に精神構造の哲学的考察を深め、生の哲学の構築を試みた。主著『精神科学序説』『解釈学の成立』など。

（8）マルクス――一八一八～八三。ドイツの哲学者・経済学者・革命家。エンゲルスとともに『ドイツイデオロギー』などによるヘーゲル左派批判を通じて史的唯物論を確立し、『共産党宣言』を起草した。革命運動のかたわら経済学の研究をつづけ、主著『資本論』の完成につとめた。

（9）チャールズ・パース――一八三九～一九一四。アメリカの哲学者。プラグマティズムの創始者。思考から信念に至る過程をデカルト的な心理ではなく、行動の規則としてとらえるプラグマティズムを定式化した。存命中、彼の思想はほとんど理解されず、不遇のうちに生涯を終えた。主著『信念のかため方』『我々の観念を明晰にする方法』など。

(10)ベルグソン――一八五九〜一九四一。フランスの哲学者。生の哲学・直観主義の代表的思想家。カントの観念論に対し、直観や本能によって認識される純粋持続としての実在論を構築した。主著『創造的進化』『物質と記憶』など。

(11)ハイデッガー――一八八九〜一九七六。ドイツの哲学者。キルケゴール、フッサールの影響を受け、言語のうちに実存の構造を解明し、単なる自然的存在や道具的存在とは異なる自覚的な人間存在の意味について考えた二十世紀の代表的哲学者。主著『存在と時間』『形而上学とは何か』など。

(12)六・一五事件――一九六〇年六月十五日、安保改定阻止第二次実力行使に五百八十万人参加、右翼が国会周辺でデモ隊を襲撃。全学連主流派デモ隊は国会構内に突入、警官隊と乱闘、東大生・樺《かんば》美智子が死亡した。この「六・一五事件」で著者は起訴されるが、執行猶予の判決を受ける。このことがあって、著者の長女は、「お前の親父が樺美智子を殺したんだ」と、嫌味を言われつづけることになる。

(13)トロツキー――一八七九〜一九四〇。ロシアの革命家。レーニンの死後、スターリンら主流派と対立し共産党から除名、国外追放されるも、国外からスターリン批判を行い、四〇年、スターリンの手配したスパイによって、最後の亡命地であるメキシコで暗殺された。主著『ロシア革命』『文学と革命』など。

(14)アルバイト――日本工業立地センターにおける調査員としての仕事をさす。

(15)ホイジンガ――一八七二〜一九四五。オランダの歴史家。歴史における非合理的要素を重視し、文化史・精神史研究に独自の業績を残した。主著『中世の秋』『ホモ・ルーデンス』など。ホイジンガは『朝《あした》の影のなかに』で、「判断能力の発展段階から見て、それ相応以下に振る舞う社会、子供を大人に引き上げようとせず、逆に子供の行動にあわせて振る舞う社会、このような社会の精神態度をピュエリリズムと名づけようと思う」と述べている。

(16)メタファー(隠喩)――修辞法の一つ。喩《たと》えを言うのに、「……のようだ」「……のごとし」などの語を用いないもの。たとえば直喩におけるように「彼女は百合のようである」と説明的に言わずに、「彼女は百合だ」と言いきってしまう。つまり、女性と百合との姿形における類似性を最大限に利用して「想像力」を膨らませるのである。そこから出てくる表現の傾《かたむ》きを、著者は「想像主義」と名づけている。「暗喩《あんゆ》」ともいう。

(17)ヤコブソン――一八九六〜一九八二。アメリカの言語学者。ロシアの生まれ。構造言語学、とくに音韻論の発展に尽くした。主著『失語症と言語学』『音声分析序説』など。

(18)メトニミー(換喩)――修辞法の一つ。あるものを、それと縁の深いもので表す方法。たとえば柔道の有段者を「黒帯」、美人を「明眸皓歯《めいぼうこうし》」などと言うように。「黒帯」とか「明眸皓歯」という「事実」に着目した比喩であることから、この方向における表現の傾きを、著者は「事実主義」と名づける。

(19)トールキン――一八九二〜一九七三。イギリスの学者・作家。一九三七年、四人のわが子に語り聞かせた話をもとに『ホビットの冒険』を発表、一躍有名になった。さらに二十年後、この物語の主人公が冒険旅行から持ち帰った指輪をめぐって『指輪物語』三部作(『旅の仲間』『二つの塔』『王の帰還』)を書き、全世界的に爆発的人気をよんだ。近年、『ロード・オブ・ザ・リング』というタイトルで映画化された。

(20)『三国志演義』――中国の長編歴史小説。明《みん》代の羅貫中《らかんちゅう》の作。四大奇書の一つ。後漢末の魏《ぎ》・呉《ご》・蜀《しょく》三国の争乱から晋《しん》の統一に至る歴史を講釈の形で小説化したもの。

(21)北村透谷――一八六八（明治元）～九四（明治二十七）。評論家・詩人。浪漫主義的文学思想の代表的存在。「恋愛は人世《じんせい》（人の世）の秘鑰なり、恋愛ありて後人世《のち》ありき」ではじまる『厭世詩家と女性』などの評論で恋愛の内面的な純粋性を近代の意識として顕彰した。二十七歳で自死。劇詩『蓬莱曲《ほうらい》』、評論『内部生命論』など。

(22)脱構造主義――一九六〇年代以降、フランスの思想界に登場した、構造主義を批判的に継承しようとする思想運動。構造主義が温存する形而上学的な性質や、その静的で閉塞的な構造性を乗り超えようと、「差異」や「外部性」や「横断的運動」を強調した。ポスト構造主義を担う思想家にデリダ、ドゥルーズなどがいる。

(23)シュペングラー――一八八〇～一九三六。ドイツの哲学者。歴史的相対主義の立場から世界の文化を生成消滅する有機体とみなし、西洋文明の没落を予言した。主著『西洋の没落』など。

III 金銭と名誉　「美田」を「高楊枝」で歩く

六歳であの大敗戦に遭《あ》うということは、物心ついてからの十年間ばかり、貧困が日常茶《さ》飯《はん》の現実であったということです。その大敗北に生き残った僕たちの親の世代は、自分らの産んだ子供たちを食べさせること、それを最大の人生課題にしたようです。またその課題に合格点すれすれの解答を与えもしました。そうするのやむなきに立ち至ったということかもしれません。ともかく、そのおかげで、平均で言えば、深刻な飢《き》餓《が》を長く味わった者たちは、僕らの世代に、そう多くはないでしょう。しかし、それにもかかわらず、僕らの世代には、その人生体験の基《き》底《てい》層に「貧困」という名の生活のにおいが染《し》みついていいます。そういう者が少なくないと僕には思われてなりません。いや、それが意識の基底にあるということは、貧困を対象化する、つまり突き放してとらえる、という意識も育たないということです。居直った言い方をすると、貧困に慣《な》れ親しむ能力において勝《すぐ》れており、富裕《ふゆう》な他人たちを嫉視《しっし》するという習慣も持ち合わせていない、ということになりましょう。

貧困にもいろんな水準、人間にもいろんな種類があるわけですから一概《いちがい》に世代の性格を断定するのは差し控《ひか》えなければなりません。しかしMと僕の両家族は、精神的には「中の上」、物質的には「下の上」といった（札幌という地方都市における）社会階層に属している点で共通していることは確かです。そのことも多少は影響してのことか、貧困を問題視する性癖が二人にはどうも弱いとみえます。


だが、マネー（貨幣）はコミュニケーション（意思疎通《そつう》）のメディア（媒体）なのです。政治方面ではパワー（権力）が、経済方面ではマネーが、（共同体の基礎におく）社会方面ではカスタム（慣習）が、そして文化方面ではヴァリユウ（価値）が、それぞれ主要な媒体となって意思疎通が行われております。コミュニカティヴ・アニマル（意思疎通する動物）が人間の本性でしょうから、金銭問題に疎《うと》いのは人間としては欠陥《けっかん》動物と言ってかまいません。ちなみに、「動物」と聞いて虫や獣のことを思うのは日本人のおかしな言語感覚というもので、アニマルとは文字通りに「動くもの」であり「活物《かつぶつ》」（生きているもの）のことなのです。

自分は文化方面にたずさわる人間なのだと言ってみても、純粋の文化活動などは実在しません。実在としての文化活動は、その正面像は価値メディアで描かれているとしても、側面像や背面像の図柄や色調には貨幣メディア、権力メディアそして慣習メディアが作用しています。そうした隠された側面に触れるのは、文化活動の上品さに反するとみなされて、タブー視されてきました。そんなことをつづけていると、金儲けのための書物、権力づくの意見、馴《な》れ合いの作品などが物陰《ものかげ》ではびこる仕儀《しぎ》となります。

僕らの時代にも、学者や役人の世界にあって、（資産家ということも含めた意味での）良家の息子がその仕事に当たる、良家に生まれたのでなかったらその娘を嫁にもらう、という習《なら》わしが少々目立つ程度にあったようです。なかなかに賢明な制度だと言わなければなりません。ジェーン・オースティン[1]の『高慢《こうまん》と偏見《へんけん》』やイーヴリン・ウォー[2]の『ブライズヘッドふたたび』などの小説が面白いところは、所得・資産と精神・文化がいかに絡《から》み合うか、という人間存在の現実性《リアリティ》や現存性《アクチュアリティ》が巧《たく》みに描かれているという点に見出されます。そうした言及をおおよそ回避してきたところに、近代日本におけるブルジョア文明の底の浅さが仄《ほの》見えています。またその文明に逆らうがわの腰の軽さが顔をのぞかせている、と言ってよいでしょう。そんなことでは、家族（という人間集団）や家庭（というその集団の活動場所）の真実に迫ることはできないのです。

Ｍも僕も、日本列島の北端（風土的にシベリアの南端）の北海道出ですから、しょせん流れ者の家系です。建国期のアメリカに（宗教的な理由で）流れてきた者たちには、中産階級出の者が少なくありませんでした。それに比べて、北海道への移住者は食い詰《つ》め者や敗残兵や外《はず》れ者が中心です。つまり、貨幣、権力、慣習そして価値といったメディアの欠乏が人生の初期条件となっていました。そのことの自覚を人生の行程においてどう表現し、いかに隠蔽《いんぺい》するか、あるいはその条件をいかに克服しどう断念するか、それが我ら二人の家庭生活が羽織《はお》った衣裳の常なる裏地となってきたわけです。

Mの父親は町医者でしたが、薬を与えるのも注射をするのも嫌いということからも推測できるように、金儲《もう》けが下手《へた》だったようです。Mの小学校低学年のときの少し辛《つら》い思い出に、アイスクリームのことがあります。家族で新しくできたフルーツ・パーラーに入る、という当時としてはなかなかに洒落《しゃれ》た行動にその父親は出ました。しかし、子供たちには「二人で一個」のアイスクリームをあてがったのです。そのときの父親にたいする怒りと周囲にたいする恥ずかしさ、それが脳裏《のうり》に焼きついて離れない、とMは何度か僕に語りました。

僕のほうも父親の妙な振る舞いについて報告しておかなければ釣り合いがとれますまい。ただし僕の記憶はかなり漠然としております。僕が小学校二年生のときだと思うのですが、珍しく父親の友人が遊びにきておりました。眠気《ねむけ》に抗して大人たちの騒ぎを垣間《かいま》見たいものだ、と僕は躍起《やっき》でした。そのうち大人たちは口論を始め、父親が少し形相《ぎょうそう》を変えて、裸足《はだし》のまま、厳寒の冬だというのに、外に飛び出ていきました。母親がそれをとめようと何かを叫んでいたようです。そこで僕はいったん眠りに落ち、そして玄関の戸が音高く開く音でまた目を覚ましました。襖《ふすま》の隙間から寝惚《ねぼ》け眼《まなこ》で僕が見たのは、真っ青な顔をした父親がその友人から何枚かのお札を受けとっている、という光景でした。

それを思い出したのは、僕が三十歳くらいになったときのことです。僕は考えました、「父親は最寄りの駅までの三キロばかりを裸足で往復できるかどうかの賭《か》け事《ごと》をしたのではないか。それに勝って得たお札は、我が家族にとって貴重な収入だったのではないか」。ただし、のちに、そのことを八十歳を超えた母親に聞いてみたところ、彼女は「そんなことがあったかねえ」と遠くを見るような表情をしているだけでした。そんなことは取り立てて話題にするほどのことではない、というのが我々の父母たちの生活だったということでしょう。

こうした話は、記憶を探り出したら、あと何十個も芋蔓《いもづる》式に出てきそうですので、やめにします。僕があえて語ってみたいのは、Mと僕との金銭感覚が那辺《なへん》にあったか、ということについてです。家庭を持つ以上は、金銭を稼ぎそして貯えるという仕事に、否《いや》が応《おう》でも、手を染めざるをえません。しかも僕は、福沢諭吉の(3)『学問のすゝめ』を読むはるか以前から、「一切の学問・思考・意見は人間交際のためにある」という命題を実践しておりました。要するに人付き合いが好きだったということです。そして人間交際が金銭を必要とすることは言うまでもありません。そして貯えが必要なのは、家族には、多少とも、将来への「計画《プラン》」が必要となるからです。資金がなければ「企画《プロジェクト》」の立てようがありません。その意味でも、ソサイアティを「人間交際」と訳したのは諭吉の卓見《たっけん》と思われます。「社会」とは人間の交際場のことにほかならないのです。

三十二歳で学職に就《つ》いて、これで家族を養えるとほっとしたのも束《つか》の間《ま》でした。その収入が（経済学で言われるところの）サブシステンス・ミニマム（生存最低）の水準にしかないとわかったのです。もちろん、その最低ということには文化的意味合いも含まれます。要するに、普通の暮らしをしていれば、一銭の貯えも残らないということです。

あれは「連赤事件」（一九七二〈昭和四十七〉年）が起こる直前のことでした。東京郊外の友人宅で朝まで飲んでいたとき、僕を含めてその場の三人はそれぞれカネに困っておりました。僕について言うと、家族に人間らしい棲み処《すか》を与えてやりたいという（ひそかな）願望が、というより強迫観念があったのです。酔ったついでの出鱈目《でたらめ》話《ばなし》として、僕が「銀行から完全犯罪によってカネを盗み出すことは可能であろう」と言い出しました。その仮想の犯罪について語っているうち、気分がだんだん盛り上がってくる始末です。二時間ほどその話に熱中していたら、すぐにでもそれを実行できるといった確信に、少なくとも僕は、辿《たど》りついてしまいました。そんな自分の気持ちの動きに内心で少し慌《あわ》てたちょうどそのとき、夜が明けはじめたのです。どこかで鶏《にわとり》がコケコッコーと高く鳴き、その声で僕の架空《かくう》の泥棒熱はどこかに吹き飛ばされていきました。今でも、あの鶏がいてくれなかったら、自分はどうなったのだろう、とふと不安になります。『マタイによる福音書』の文をもじって言えば、僕は「鶏が鳴く前に、三たび、法のことを知らないと言った(4)」のです。

Mには、その三年ほど前のことでしょうか、実際に五千円札を吹き飛ばされた体験があります。当時、僕たちは三鷹《みたか》の街外れに暮らしており、Mは妊娠ノイローゼを病んでいました。そして僕ときたひには、ほんの半年間とはいえ、アルバイト先を（ある有名教授から嫌われたことがきっかけで）追われ、無収入も同然に成り果てていたのです。ある木枯《こが》らしの吹く日、すっかり暗くなった時刻に、Mが蒼《あお》い顔で買物から帰ってきました。そしていきなり、懐中《かいちゅう》電燈を持ち出し、外へ飛び出ていきます。「どうしたのだ」と問うと、「五千円札を失くした」と言います。そして畑のなかを通っている一本道を、道端《みちばた》のあちこちを懐中電燈で照らしながら、ひたすらに進んでいきます。相手はノイローゼ状態にありましたので、強いことを言うわけにもいきません。僕は、百メートルばかり、彼女の後ろを黙ってついていったあとで、静かに言いました。「Mよ、強い木枯らしが吹いている。そのお札は畑のはるか向こうに飛んでいっていると僕は思う」。彼女ははっと我に帰り、とぼとぼと家に戻り、黙って台所に立ちました。その後ろ姿を見ていて、「こんな情けない思いに妊娠の妻を落とし入れている」自分の情けなさ、それを僕が激しく嫌悪したことは言うまでもありません。銀行泥棒の馬鹿話が僕のそうした（その後、何年間もつづいた）自己嫌悪に発していたことは事実なのです。

その後、東大に移る頃に住宅公団の分譲団地に入りました。しかしそれとて、ある新聞記者に当たったものなのでした。その人物は、当選の直前、結婚を機に民間のマンションを購入してしまっておりました。僕はその他人名義の団地に潜《もぐ》り込んでいたわけです。時間が経てば不動産の値が上がること必定《ひつじょう》といった御時世でした。そのうち売り払えば少しは儲かる、という計算くらいは僕にだってできたのです。

米英の両国に二年間行ってくるという機会がやってきたときも、心の裏がわにおいてではありますが、少々ながら北叟笑《ほくそえ》みました。つまり、そのかなり少額のフェローシップで何とか家族の外国生活をやり過ごせば、大学の給料が勝手に溜《た》まります。それで、家族に家を買ってやるための元手《もとで》ができる、と算段したわけです。

しかし、外国から帰ってきて、書籍が船便で遅れてやってきたとき、自分は何と哀れな奴なんだ、と笑い出したくなりました。それらの洋書を繙《ひもと》いてみると、あちこちの頁《ページ》にある書き込みのほとんどすべてが、二桁《けた》か三桁の足し算や引き算の跡なのでした。つまり、本を読みながら、暮らし向きのカネ勘定をやっていたわけです。いえ、乏しい収入のなかから何とか家族旅行の金銭を工面《くめん》する、というのがその勘定の目的だったのです。そんな勘定の結果など、やる前からわかっているのに、数値を確認しなければ不安だ、ということだったのでしょう。

四十歳で、息子が帰国子弟として例の「いじめ」に遭《あ》い、それを機にさっさと団地を引き払いました。僕は「孟母三遷《もうぼさんせん》」の教え(5)とは次のことだと考えました。子供が激しいいじめに遭えば、住居を変えるの挙《きょ》に出るほか手はないでしょう。僕自身、小学六年のときに(帯広市から札幌郊外の厚別《あつべつ》村への)「出戻り」として、集団的ないじめに遭ったことがあります。僕は素手《すで》で闘い抜きましたが、息子の場合、(アメリカ仕込みの)ナイフでの闘いですから、居を移すのが得策と判断したわけです。人間の大半は子供の時分から碌《ろく》でなしだ、というのが社会・歴史の相場《そうば》ときまっています。ともかく、自分が教えている大学院生から（一時的に）借金するという恥ずかしいことまでしながら、「中の下」の家屋を西武線の沿線に見つけたのです。それの値段が少し上がったのを見て、近所の「中の中」のものに買い換えもしました。ここ十数年は（武蔵野の雑木林が少々残っている東京都の西の外《はず》れに）「中の上」の家を建て、Mにあっては雑木林が好きだから、僕にあってはもう引っ越しは面倒だから、そこで死ぬつもりでおります。

僕自身は、あの寒かった北海道でオーヴァコートなしに過ごし、中学と高校の汽車通学期には、父親が半失業の状態にあったせいで、その日数の割合が三分の一か一・五か二かすら覚えていないのですが、昼食抜きで生きてきた人間です。それゆえ、「立って半畳《はんじょう》、寝て一畳」の住居でいっこうにかまいません。しかし、「巣作りをするのが女の、文化であるのみならず、本能だ」としか僕には思われないのです。それは「偏見《プレジュディス》」だとMは言います。しかし、それが僕の女性観における揺らぐことのない「予めの判断《プレ・ジャッジメント》」となっている以上、どう仕様《しよう》もありません。事実、Mは小さな庭を、花々で飾るのを最高の楽しみにしているのみならず、それらの名前を一つひとつ声を出してよぶのが彼女の習《なら》わしとなっています。そして僕のほうは、女の巣作りの材料を運搬してくるのでなければ、自分の執筆に自信が持てない、という強迫観念から（Mと一緒になって以来）ついに自由になれずにおります。「女は子供を産む機械だ」と発言して物議《ぶつぎ》を醸《かも》した大臣がおりました。それを見て僕は、その大臣を応援すべく、「男は女にカネを運ぶ運搬機械だ」という随筆をすぐさま書かずにはおれませんでした。なぜ、この列島では、こうした「本気の冗談」が通用しないのでしょう。

カネ勘定を人前でやるのは、ましてやその金銭の多寡《たか》について公言するのは、途方《とほう》もなく下品なことでしょう。なぜといって、金銭にまつわる事柄は、人間の価値体系にあって最劣位にあるという意味で、パーリア（賤民《せんみん》）の所業《しょぎょう》ときまっているからです。パーリアは（南インドでの）祭りにおける「太鼓打ち」の下層カーストのことも意味します。その祭りにおける宗教的、政治的および社会的な意味と切り離された単なる太鼓打ちの技術に封じ込められているため、そのカーストは蔑《さげす》まれていたのだと思われます。いえ、金銭業務がパーリアであるときまっているわけではありません。しかし、そういうことにしておかなければ人間精神は平衡を保てないのだ、というのが歴史の知恵なのです。

金銭の動きを支えるシステムは「技術」、権力のそれは「組織」、慣習のそれは「道徳」、そして価値のそれは「宗教」、と言ってとりあえずよいでしょう。そして、その順で人間精神の水平性が大きく、垂直性が小さいのです。水平の広がりも垂直の高さも、両方とも人間精神に必要なことは言うまでもありません。しかし、精神活動の起動力は垂直性を志向する心のほうにあります。というのも、その志向から人間行為の新たな目的が生まれてくるからです。水平性への志向は、その目的に適合する手段を探し出す心の動きだということになります。そうであればこそ金銭への熱狂には、熱狂を進歩の源泉とみなす現代人にあってすら、「マモニズム」（拝金教）の蔑称《べっしょう》が与えられ、技術へのそれは「テクノマニア」（技術狂）と侮蔑《ぶべつ》されざるをえないのです。

　とはいえ、カネ勘定を（手を後ろに回して）人眼につかないところで的確に遂行《すいこう》する、という能力と努力がなければなりません。それがなければ、人間精神の「独立《インディペンデンス》」も「自尊《セルフレスペクト》」も半端《はんぱ》なものに終わります。なぜといって、水平軸における台座があまりに狭ければ、垂直軸において高い精神の建物を作れるはずがないからです。とくに女性と連《つ》れ合《あ》いの関係になり、そこに子供の養育や暮らしの家事といった仕事が発生してくると、金銭勘定はおおむね男の仕事となります。その根因は、貯えにもとづく将来への計画において、男性のほうが勝《すぐ》れているという点にあるのでしょう。また、男性の（一般に「理性」とよばれる）分析的な差異化能力と目的（志向）的な超越化能力が、少なくとも現代の産業体制に適応するのに好都合と思われます。なぜかと言うと、現代の産業は未来への「革新《イノヴェーション》」や「真結合《ノイエ・コンビナツィオン》」によって「利潤《プロフィット》」を稼ごうと企画しているのだからです。

　女性の（一般に「感性」とよばれる）メトニミーにおける総合的な同一化能力とメタフ

アーにおける手段（探索）的な身体化能力は、行為の「反復《レピティション》」に向いています。もちろん、行為の繰り返しにさして退屈を覚えないのは、女性の偉大な能力だと考えてよいでしょう。繰り返しに耐えられないという男性の性格は、精神のエネルギーが根源的に弱いことの現れだとすら見えてなりません。だから、事の優劣判断はいざ知らず、女性は「機能の革新化と専門化」を基軸にして編成されている現代の産業体制には向かないということです。いや、その専門化が反復を必要とするいわゆるルーティン・ワークとなっているのなら、それには女性のほうが有能かもしれません。またそれを男性が担当することが多くなっているとしたら、それは、社会の女性化現象が広がっていることの現れと見るべきでしょう。いずれにせよ、定型化された作業には生存最低水準の金銭しか支払われない、という仕組が現代産業には備わっています。そして、そういう男女は、ことさらに金銭勘定に配慮する必要もないわけです。

実際、Mの金銭話に相槌《あいづち》を打つのは不可能に近い、と言わなければなりません。僕の収入が途絶《とだ》えた折、ある新聞社の記者にならないか、との誘いがありました。僕はこれでMへの米代と（生まれてくる）子供へのミルク代に心配しなくてよくなると、心から安心したのです。そう言えば、自分の母親は学業成績のよい高校生の僕に、「北海道新聞の記者になってくれたら、どんなに誇らしいことか」と期待していた、ということを思い出したりしてもいました。しかし妊娠のMは、理由を述べぬまま、不機嫌きわまりない様子でいます。理由をしつこく問い質《ただ》すと、記者諸氏には失礼な言い方になりますが、「新聞記者なんかと結婚するために東京に出てきたんじゃない」とのことです。記者のどこが悪いのか、僕にわからないだけでなく、彼女自身にもはっきりしておりません。ただ、直観で、記者はウサンクサイ商売だと感じてしまっていたようなのです。そんな成《な》り行《ゆ》きのなかで、記者になる話は立ち消えとなりました。その顚末《てんまつ》に感謝していないわけではないものの、しかし、今も、あのときのMは金銭のことをどう考えていたのか、不思議でなりません。

その後も、彼女の勘定法は一種独得で、僕が職を辞したとき、貯金が二百万円しかなかったのに、その全額を居間の拡張につかいきりました。僕は居間で仕事するのを習慣としていますが、その空間を広げなければ、暮らしの場が整《ととの》わないとMは判断したのです。毎日家にいる、それが僕の生活形態になると予想したわけです。その鬱陶《うっとう》しさを追い払うべく、居間を大きくするの挙《きょ》に出たのでしょう。要するに、自分を元気づけなければ、危機に陥《おちい》っているはずの亭主を助けられない、と思ったということです。

それで当方に不平不満があったというのではありません。それは、僕が人間・社会の歴史について物を書いているせいかと思われます。つまり、金銭には人間とその世間の成り立ちが映《うつ》し出されてくるということです。金銭をめぐる人々の感じ方、言い方そして行い方のなかに、彼らの権力、慣習そして価値にかかわる人間観、社会観および歴史観のすべてが透《す》けて見えてくる、といった感じなのです。しかも、扱われるのが金銭であるため、それら精神の「形」が数値で示されます。金銭勘定を自分でやるのは、人間の可能性と現実性を洞察する上で、まことに便利な方法と思われます。

「ギリシャの四徳」のことを例にして言うと、「正義と思慮」のあいだの平衡、そして「勇気と節制」のあいだのバランス、それが人間精神のヴァーチュー（「男らしい《ヴィル》」「力強さ《ヴィルトゥ》」としての「徳《ヴァーチュー》」）ということでしょう。また、「（単一の）徳の過剰は〝不徳《ヴァイス》〟に転じる」の喩《たと》え通りに、正義の過剰は横暴《おうぼう》であり、思慮の過剰は卑怯《ひきょう》でありましょう。勇気の過剰は野蛮、節制の過剰は臆病《おくびょう》、ということになります。しかし、平衡の基準を具体的に示すのは至難《しなん》の業《わざ》です。それを特定するには、一つに、社会と歴史の成功と失敗に学ぶこと、つまり社会の空間と歴史の時間の両軸で人々におおよそ「共有《コモン》」の「常識《コモンセンス》」を参考にすることが必須《ひっす》です。二つに、しかし「今、此処《ここ》」という具体的な「状況《シチュエーション》」は社会・歴史にあって唯一であり固有であるのですから、当事者の「決断《ディシジョン》」が不可欠です。金銭の扱い方は、そうした「常識と決断」の力量を具体的に試《ため》される、またとない機会だと僕は思います。

「フランス革命の価値の三幅対《トリアーデ》」である「自由・平等・博愛」について言ってみましょう。その理想は「秩序・格差・競合《きょうごう》」という現実とのあいだで平衡させられなければなりません。その平衡状態が「活力・公正・節度」という理念なのです。この近代社会が見捨てた理念こそが、歴史から拾い上げられ、社会の中心に据《す》えおかれるべき当のものだと言わなければなりません。しかしその理念を状況において具体化するに当たっても、「常識と決断」が必要となります。活力ある金銭の作り方、公正な金銭の配り方、そして節度ある金銭の遣《つか》い方、それをありありと観察し実践できるのが金銭勘定なのです。パーリアは、いわばハリジャン（神の子）として、人間界のライブラ（天秤《てんびん》）を担《かつ》いでいると言うことができるかもしれません。

ここでも自由の過剰は放縦《ほうじゅう》、平等の過剰は画一《かくいつ》、博愛の過剰は偽善《ぎぜん》となります。それを押し通すのが理想「主義」の鼻持ちならぬところです。同時に、秩序の過剰は抑圧《よくあつ》、格差の過剰は差別、競合の過剰は酷薄《こくはく》となります。そうなることに無頓着《むとんちゃく》なのが現実「主義」の嫌《いや》らしさと言ってよいでしょう。金銭勘定における平衡とは、浪費家でも吝嗇《りんしょく》家でもなく、割り勘派でも御馳走《ごちそう》派でもなく、慈善家でも冷淡家でもない、要するに「分別《プルーデンシー》」を保って金銭に当たることです。

分別を保つということは、金銭勘定にあって「名誉《プライド》」をつらぬくことだと言えましょう。「児孫《じそん》のために美田《びでん》を買わず」(6)という教えは、人はあり余る金銭が与えられれば分別を失いがちだ、と諭《さと》しています。「武士は食わねど高楊枝《たかようじ》」は、武士の虚栄にたいするひやかしではありますが、しかし、飢えてなお泰然《たいぜん》としているのは侍《さむらい》の分別というものだ、と言えなくもありません。金銭生活における徳とは、（美田とは言わぬまでも）何ほどか余裕のある所得・資産をめざしつつ、もし飢餓と貧困がやってきても（高楊枝をくわえなくとも）少しは余裕のある表情・態度で生き抜く、それを名誉と心得ておくということだと思われます。

Mと僕は、大略、そんなふうに構《かま》えてきました。ただ、二人の名誉の「基準」たるや、いかにも我流《がりゅう》ですので、周囲から誤解を受けることが少なくありませんでした。三十歳代の半ば、小学校低学年の子供たちをつれて、僻遠《へきえん》の地のある人の家に泊まりにいきました。そのお宅は、貧しいということもあって、寂《さび》しげでありました。その夫婦の孤独を現しているように、僕には感じられたのです。その夫婦を励まさなくては自分の名誉にかかわると咄嗟《とっさ》に判断して、（十万円かそこらの）ハイファイ装置とレコードを買ってくるようにとMに頼みました。そうすればその部屋が少しは賑《にぎ》やかになるだろうと判断したのです。それはMにとっては「なけなしのカネ」だったのですが、僕の心を察するに十分な長さを一緒に暮らしてきたMは、その通りにしました。しかし相手の夫婦は、僕らがいわば「無償の友情」を彼らに示している、と誤解したようです。それは、友情の表現というよりも、吝嗇ではありたくないという自分の名誉心を満たすための振る舞いなのでした。

僕が東大を辞めるときのことですが、ある教授が拙宅を訪れてくれて、辞意をひるがえすように勧《すす》めました。僕は、そんなことよりもまあ一杯、などと話をそらし、ビールの飲みすぎで席を離れたすきに、その教授はMに「奥さんの本当の気持ちを聞かせて下さい」と尋ねました。定収入を失うことについての心配を吐露《とろ》するのが主婦の常套《じょうとう》と考えて、そう質《ただ》したのでしょう。それにたいしMは、「あの人がこの絶好のチャンスを〝手放《てばな》す〟はずがありません」と応じました。あとでそれを聞いて、僕がある編集者に「チャンスを〝見逃す〟はずがないと妻が言った」と喋ったら、Mから文句が出ました。「手放す」と「見逃す」との意味上の違いについて、懇々《こんこん》と説明を受けた次第です。つまり、「あなたの顔には、五、六年前から、辞《や》めたい辞めたいと書いてあった。でも辞められずにいたところ、そのチャンスがやってきて、あなたはそれを掌中《しょうちゅう》にした。それが今だ」というのがMの見解だったのです。

しかし僕は、金銭勘定は自分の責任ですので、定収入を捨てたことの不安から自由になれませんでした。で、Ｍに尋ねたのです、「この十八、十九の子供たちが大学を卒業するまで、僕があと四年ばかりむりやりに突っ走ったとして、そして住宅ローンもむりやりに返済したとして、また公共料金のことは別立てで考えることにして、さて、僕ら二人は、生きていくのに、月にどれだけのカネが要るんだい」。なぜそんな質問をしたかというと、僕ら夫婦に待っている金銭的なコースの概略図を自分の頭に入れておきたかったからです。暫《しば》しじっくりと考えたあとのＭの答えは驚くべきもので、「五万円」（!?）と言うのです。「こんな女の言うことを信じていたら、自分たち二人は死んでしまう」という恐怖がこみ上げてきた、というのは本当のことです。こうなったら、もう仕様《しよう》がありません。当て処《ど》なしではありますが、「そうか、突っ走るしかないか」と考えるほかなかったのでした。

そんなＭと僕が不思議と命を長らえたのは、疑いもなく、僕の嫌悪する「ＴＶ出演」と僕の反発する「バブル経済」のおかげだったのです。要するに、ＴＶで、少々、名前と顔が売れて、またバブルの余波が（僕が東大を辞めた昭和六十三年から）六、七年ばかりつづいておりましたので、講演依頼や執筆依頼がつづいたということです。「生き延びたい」と思うのは僕の私心にすぎぬとよくわきまえていました。そして、自分の筆や口で自分の思う公心のみを表そうとすると、こんな世の中ですから、テレビ局や出版社や講演依頼先とよく悶着《もんちゃく》が起きました。しかも、東大といささか派手に喧嘩《けんか》をやったあとです。さっそく「喧嘩屋」のレッテルが貼《は》られたことはよく承知しておりました。しかしそのレッテルすらが、（ＴＶのことも含めて）言葉それ自体がバブル（泡沫《ほうまつ》）として飛び散る場所では、バブリングな評判をよび、稼《かせ》ぐ機会が増えたのです。また、僕には少々独得の算段がありました。どんな会社にも僕に関心を示す異端《いたん》者がいるはずだ、彼らが時たまには僕に声をかけてくるに違いない、会社の数は多いのだから僕は案外に多忙になるにきまっている、と計算したのです。

金銭がまあまあ潤沢《じゅんたく》に流れ込みはじめました。しかし、秘書を雇《やと》うとか別荘を作るとか自動車を買う、といったようなよくある生活形態は、僕の場合、その必要も欲求も零《ゼロ》でした。それで、主として自分を元気づけるという動機から、人間交際に知識人としてあるまじき額でカネをつかいました。安い店しかつかいませんから、残りはおのずと貯えられていくわけで、そうなれば、家族のための旅行だ、将来設計だ、と企画しなければならぬ破目《はめ》となったわけです。念のために言っておきますが、バブルやＴＶに感謝する気は、僕には少しもありません。当方から自分を出させてくれと頼んだ覚えがないからです。

その貯えがおおよそ悪銭《あくせん》であることはよくわかっておりました。「評論家《クリティック》」というのは、我が国では蛇蝎《だかつ》のように嫌われたり蔑《さげす》まれております。本来、「批評家《クリティック》」というのは、既成の様々な考え方について、その限界を「批定する」（批判し定性化する、つまり〝性質を定める〟）ことのはずです。カント(7)の純粋理性「批判」などという言葉も、そこからきています。それなのに、戦後日本の批評《クリティーク》（評論）というのは、（現在の時代に流行している）世論《せろん》に合わせて流行の現象に解説をほどこすことなのです。（過去の時代から継承されてきた）輿論《よろん》の英知を今に活《い》かそうとするという意味での「保守《コンサヴァティヴ》」の評論は、評論界では蛇蝎となる、その立場におかれるのが自分だということに相成《あいな》りました。あるＴＶ番組で「肩書きはどうします。あなたに評論家という肩書きはどうしても軽すぎますよ」と言われたので、「税法上の〝著述業者〟という分類でいいよ」などとふざけてました。こんな成り行きですから、いきおい「喧嘩」沙汰が増えざるをえないわけです。

僕の喧嘩を具体例で描写してみると、こんな具合です。錚々《そうそう》たる（とみなされている）ジャーナリストたちが新宿の酒場で僕に議論を吹きかけてきます。「自民党の一党独裁はけしからんだろう。そんなことはソ連崩壊を見ていれば明らかじゃないか」。それに応えて僕は「自民党の独裁とやらは選挙の結果じゃないか。それがけしからんのだとしたら、選挙民を叱りなさいよ」。彼らは、なおも「長期単独政権というのは腐敗の因だ、政権交代がなければ汚職が増えるんだよ」と言い返してきます。僕は「たしかに友人が一人だけというのは寂しいが、新たにできた友人が悪党だ、阿呆《あほう》だというのでは、いっそう厄介でしょうに」とやり返します。彼らは「初体験というのはいいものなのさ。政権交代の初体験を日本政治は味わうべきだよ。君にはそんな若々しい気持ちはもうないのか」と切り口《こう》上《じょう》になります。僕は、これまでにも政権交代があったということを確認する前に、そもそも議論するのが少し面倒くさくなってきたので、「初体験がそんなにいいものなら、この近所にオカマ街があるよ。初体験でもしてきたらどう」と言い放《はな》ちます。そんなのが「喧嘩」というわけです。

評論において、どんな少数派に追い込まれても、僕が公心を守り抜くこと、それをMも期待しているようでした。しかし、「平和と民主」の戦後にあって、公心とはたかだか次のようなことでしかないのです。TVの司会者が、番組を盛り上げようという善意からなのでしょう、僕のことを、（昭和三十五年六月十五日の「国会突入」事件で亡くなった）故樺《かんば》美智子の「恋人」であった、と悪い冗談を吐《は》きます。僕はその場からすぐいなくなりました。その嘘《うそばなし》話に怒ったからではありません。「樺家の関係者がその番組を観ている可能性がないわけじゃない。自分などに、評論において固有名詞を持った第三者の気持ちを傷つける権利はない。そんな評論の場にかかずり合うのは自分の公心に反する」と考えてそうしたのです。Mは「よく帰ってきたわね」と満足げでした。ついでに申し添えると、TVでそんな馬鹿げたことが演じられていたまさにその時刻に、樺さんの御母堂《ごぼどう》、光子さんが逝去《せいきょ》されていたのには、少し驚かされました。

またたとえば、9・11テロのとき、僕が即座に「アメリカが悪い。サダム・フセインには大量破壊兵器を製造・保有したり国際テロリストを集めたりしているという証拠がないし、アメリカ式民主主義を押しつけるのは言語道断だ」と書いて暫《しば》し言論の場から追放されたときも、Mは嬉しそうにしていました。僕が何を書いたとてイラク問題に何の影響も与えられないことを承知しつつ、彼女は自分の連れ合いに（公心に立ちつづけるという意味での）名誉を、口にはほとんど出さねど、表情で要請していると僕には思われたのです。

そうした類《たぐい》の数々の要請はどうやら彼女の直観に発しているようでした。たとえば、「アメリカのピンポイントでなされる水平のロケット攻撃をTVで観ていると、大東亜戦争での垂直の焼《しょう》夷弾《いだん》空襲を思い出す。そんなアメリカの〝大殺戮《ジェノサイド》〟を黙認したり、いわんやそれに協力したりするのは恥知らずだ」と感じる、それがMの名誉心なのです。そういえば、ある著名なTVマンから、「君はなかなか立派だ。左から嫌われている君が、右からも原稿依頼がこなくなること請《う》け合いなのに、アメリカ批判をしている」と褒《ほ》められたことがありました。そんなとき、「そうか、ホサレルのを恐れて自分の立場を決めている言論人がたくさんいるんだな。夫のそんな不名誉を許すような女と一緒にならなくてよかった」と僕は思いました。「親の顔を見たい」というよりも、「女房の顔を見たい」というのが適切な男性批評だ、と僕は考えております。9・11テロで「やったあ！」と叫んでいるMの露骨《ろこつ》な感情表現に少々の不審を覚えはしたものの、彼女の名誉心は常にそうした素朴《そぼく》な形をとりますので、当方も許すしかないわけです。

Mは、戦艦大和の（徳之島沖での）船上慰霊祭にも（パラオ共和国の）一万二千名の兵士の玉砕《ぎょくさい》の島ペリリュウでの慰霊祭にも、僕に同行すると言ってきませんでした。文学書を読みクラシック音楽を聴いて画集を見ることにしか関心がないような彼女が、なぜそんな態度に出たのでしょう。すでに四十歳に近かった父親が（軍属の医者として）南洋の地を転々としていたことへの追体験を少しでもやっておきたい、という思いもあったのかもしれません。しかしそれ以上に、自分が六歳のとき、支配者たる（主として黒人部隊の）アメリカ軍が札幌の中心部を行進するのを目の当《ま》たりにしたときの恐怖と嫌悪、それを思い出していたようです。自分の父親よりもずっと若い日本の兵士たちが、それに何十倍もする恐怖と嫌悪のなかで、勇を鼓《こ》して玉砕していったことに手を合わせたい、と彼女が強く感じているということです。

ペリリュウの密林のなかに、アメリカ軍の提督ニミッツの書いた、ワイルド・キャット（第一海兵師団）への顕彰《けんしょう》文からの引用が碑《ひ》として建てられています。それには「この島を訪れた旅人たちよ、この地で日本の若き兵士たちが英雄的な愛国心をもって戦い、そして死んでいったことを記憶にとどめ、そのことを故郷の人々に知らせよ」といった（紀元前五世紀、スパルタの小部隊がペルシャの大軍に滅ぼされたことにかんする）文言《もんごん》が刻《きざ》まれているのです。それを読んでMは涙を浮かべていました。ペリリュウは、サイパン、硫黄島そして東京へとつづく、アメリカ軍が言ったところの「ヒロヒト・ハイウェイ」の出発点です。そんなことは知らぬし知りたくもないと構《かま》えてパラオでマリン・スポーツとやらに興《きょう》じている戦後日本人にたいして、Mは恐怖と嫌悪を抱いているようですらありました。

僕が遺族団にまぎれ込んで硫黄島に行ったときには、Mは自分が癌に冒《おか》されているとわかっておりましたので、同行できませんでした。それでも、二万一千名の兵士が摂氏《せっし》五、六十度の（火山島）の塹壕《ざんごう》のなかで、またそこから出撃して、どう死んでいったか、彼女は僕の集めた関係書物を食い入るように読み、そして泣いていました。彼女をとらえていたのは、「名誉ある死」はどんなものであるかについて想念してみたい、という欲求だったのです。男たちが名誉ある死に赴《おもむ》いて英霊とならざるをえないとき、手を合わしてそれを見送るのが女たちの務《つと》めだ、その立脚点を忘れたら女の生き方の心棒《しんぼう》がなくなる、と彼女は感じつづけてきたのです。

もちろん、名誉ある死の機会など、戦後日本の男たちにはほとんど与えられていません。戦後における名誉などは、「名誉ある自死」のことを別とすると、せいぜいのところ、名《めい》分《ぶん》が傷つけられたら職を辞すとか、名分を立てるために自力で雑誌を刊行するとかいったことにとどまります。僕が（五十五歳で）雑誌（『発言者』）刊行の挙《きょ》に出たとき、公認会計士はMに「すぐやめさせなさい。あなたの家族は深手《ふかで》を負《お》いますよ」と忠告したとのことです。Mは「あの人は深手を受けるまでは絶対にやめない。それまでは、私も悲鳴をあげずに協力する」と忠告をはね返しました。今、彼女は述懐しています、「あれからの十一年間が自分の人生で一番楽しかった。私は雑誌の会計と校正をやり、各地でのシンポジユウムであなたに随伴《ずいはん》し、執筆者の皆さんをもてなし、各界のいろんな人たちと言葉を交すことができた。赤字を埋め合わせるのにあなたが一所懸命になっているのについては眺めているしかなかったけれど、驚いたことに貯えが少しずつ増えていった。酒で朝帰りの回数が多いというあなたの振る舞いには、時々、腹が立った。しかし家では飲まないので、まあ、安心しておれた。あなたの好きなフランシス・ベーコンとやらの、(8)〝順境にも苦しみがなくはない、逆境にも楽しみがなくはない〟という科白《せりふ》の意味を実感できた」というのです。

金銭のことは、否応《いやおう》もなく、不名誉な振る舞いがつきまといます。たとえば、あるヴォルテージの高い若手の政治家が「我が党派から立候補してくれ」と言ってきます。僕は「馬鹿を言うんじゃない。政治とは自分の表現によって他者に影響を与えることだ。その意味での政治を僕はずっとやりつづけている。つまり保守思想の極意《ごくい》を思想論および状況論として書きつづけている。デモクラティズム、民主主義における政治家なんて、しょせん、デマゴギー、民衆煽動《せんどう》にまみれていく。デマとはデモのこと、つまり民衆的ということなんだよ。歴史の産物たる常識をわきまえたコモンマン、普通人の意見なら傾聴《けいちょう》するに値《あたい》しよう。しかし、その常識を踏みにじるものとしての流行に遊んでいるマスマン、大衆人から票をもらって喜んでいる政治家たちの気が知れぬ」と言って、席を立ちました。

その政治家は、酒場まで僕を追ってきて、「気に入った。あなたを応援したい。何をすればいいんだ」と聞いてきます。僕は「雑誌で自分なりの小さな政治をやっているんだが、カネがない。カネをくれ」とあえて乱暴に言います。彼は「よし、わかった」と、懐《ふところ》から（持参人払いの）小切手帳を出し、数字を書きます。彼が一〇〇万の数字を書き終えるやいなや、恥ずかしくも、僕の右手がその小切手のほうに向かって伸びていきました。その政治家が帰ったあと、同席していたある新聞記者が「それは返したほうがいいんじゃないか」と御親切に忠告してきます。僕は「何を言う。久しぶりのカネのにおいだ。返してなるものか」とつっぱねました。翌日、その顚末《てんまつ》をMに話すと、彼女は「すぐ換金してくる」と言って、銀行に飛んでいった次第です。

こうした不名誉な出来事を僕ら夫婦の心理において帳消しにすべく、印刷代金をすぐ払うというのでなければ、雑誌の執筆者諸氏を激励するというのが名目の、その実、「仕事のなかに遊びを見出す」という自分の習性に従っただけの、温泉旅行でさっさと費消する、というような行動に出なければなりません。そうするのが、まったく疑《ぎ》似《じ》的なものにすぎないとはいえ、Mと僕のとりあえずの公心だったのです。不名誉から離れられない私心と名誉を得んとする公心とは、遮断《しゃだん》も峻別《しゅんべつ》もできません。両者の区別は、具体的状況における決断として行われるのです。その決断における微妙な心理の動きは、夫婦だけとは言いませんが、親密な関係にあるごく少数の人間だけが共有できるものです。

雑誌が金銭勘定として壁にぶつかったとき、たった三年で廃刊となるのは不名誉だと僕は思いました。思案すれども名案は浮かばず、朝まで眠れぬことが、三回ありました。三回目のとき、明け方にMが眼を覚まして「何を考えているの」と尋ねます。「この家を売り払えばあと三年、あわよくば五年、雑誌をつづけられる」と僕が言うと、彼女は、暫《しば》しの沈黙のあと、「売ればいいじゃない、そんなことより早く寝たら」と言って、自分はまた寝てしまいました。

その財政的危機は何とかくぐりぬけたものの、六年目に、とうとう立ちゆかなくなりました。ちょうどそのとき、幸運が舞い込んできました。秀明《しゅうめい》という私立大学から「うちの教授になってくれ。雑誌のほうはうちの出版部が発行元になってやる」との申し出があったのです。どう考えてもその因果《いんが》はわからないのですが、ギリギリのところで幸運が勝手にやってくるということが僕にはしばしば起こります。「ああ、またやってきたか」と喜びつつ、二つ返事で有り難くそれを受け、Mと僕は久方ぶりの安堵《あんど》に暮れました。安堵ついでだったのでしょうか、形式的なパーティーを極度に嫌っている僕なのに、その種の集まりに久しぶりに顔を出しました。すると、元東大教授で、そのときはある大学の学長をやっていた人物が嫌味《いやみ》な顔で近づいてきて、嫌味な声で、「今の大学制度を批判して東大を辞めた君が、なぜまた教職に就《つ》いたんだい」と問うてきます。僕は天理教徒よろしく「陽気暮らし」をモットーにしているものですから、朗《ほが》らか一杯の表情と声音《こわね》で、「雑誌発行をつづけるために身売りしたということになりますかね」と応じました。その学者は黙ってその場からいなくなりました。

その五年後、その出版元から「これ以上の赤字には堪《た》えられない。手を引く」との当然の通告がきたのです。そのとき僕は、もう六十六歳になっておりました。長年の不摂生《ふせっせい》からきた「厥冷《けつれい》」もまだ治りきっていませんでした。厥冷とは様々な内臓器官が全般的に壊れかけているのに、根が丈夫なもので内臓のほうが反発し、血液が皮膚の表面に逆流してきて、それゆえ体内に冷蔵庫を抱いている感覚になる、という症状のことです。これが年《ねん》貢《ぐ》の納めどきかと思っていたら、また幸運が訪れてきました。ＩＴ産業に従事している僕より一世代若い友人（小浦雅裕氏）が出版元（イプシロン出版企画）をやってやろうと言い出してくれたのです。しかし、その親切が二年間でパンクしていたことが（三年経《た》ってから）わかり、最後の一年間分の赤字の清算はひとまず僕が引き受けることにしました。いずれにせよ、Ｍの大病のこともありますので、いよいよもって自分は引退老人になると考えていました。ところが、その友人のそのまた友人（ジョルダンの佐藤俊和氏）が出版元を引き受けるという幸運がまたやってきて、僕の引退時期がまた遠のいている、それが現在です。

この過程で、言論雑誌の名前を『発言者』から『表現者』に変え、そして僕より二世代若い人物（文芸評論家の富岡幸一郎氏）に編集長を頼むことにしました。大仰《おおぎょう》と聞こえましょうが、これにも僕なりの公心がはたらいています。つまり、意義があると思われる仕事であっても、その継続をうまく後輩に託すのに失敗すれば、結果として、その意義が半減さらには消滅するということです。「継続は力なり」とよく言われますが、「力強さ」の本義は「公心の世代間継承」にあると僕は考えています。

これらの雑誌は、一言で言うと、「平成改革で頂点に達した戦後日本の在《あ》り方はアメリカニズムの誤謬《ごびゅう》にもとづいており、その誤謬は政治的には民主〝主義〟、経済的には資本〝主義〟、社会的には大衆〝主義〟、そして文化的には虚無〝主義〟に発している」ことを明らかにしてきました。その点で、国民が持つべき公心、それに適《かな》っている雑誌であったし、今もそうです。僕を含め執筆者一同はそう自負しております。また、いわゆる専門家《スペシャリスト》は、物事の「一つの見えるところ《アスペクト》」を、つまり側面《アスペクト》だけを分析しておりますす。そんなことでは物事の全貌を見られるわけがなく、それゆえ当該《とうがい》の側面をうまく位置づけることができない、と考えてもおります。

雑誌発行のことは、僕の公心の表し方の一例として挙《あ》げたにすぎません。ここで言いたいのは、公心を裏切ることが少なかったという自負を抱きつづけるには（金銭のことをはじめとする）私心にまつわる厄介な作業を私《ひそか》にやりつづけざるをえないということです。言ってみれば、後ろ手でカネ勘定を的確にやりつづけつつ、（イタリア人がよく口にする）ファッチャナータ（正面像）においては、公心を保つという「精神の政治学」が必要なのです。それは、合理的人生処方としてのマネジメント（経営）ではなく、経験の知恵にもとづく人生のルーリング（統治）なのです。Mは、そんな作業に休みなくたずさわっている僕に、我慢するだけでなく、面白味を感じてくれていると見受けられました。付け加えておきますと、そういう作業で僕が臆病風を吹かすようでしたら、僕の前から姿を消す覚悟らしきものが彼女にはいくぶんあったのでしょう。また僕のほうにも、自分の担《にな》おうとしている公心の意義を、彼女にわかってもらいたかったのです。思慮の足りない正義が国家を滅ぼすとよく言われます。しかし、正義について思慮しないような国家は悪党のものです。また公心と私心のあいだで平衡をとることの意味を彼女にわかってもらいたいとも思いました。そうした理解をMが持たないなら、老骨《ろうこつ》に鞭《むち》打ってでも、彼女と別れてみせようという構《かま》えが僕にも少々ありました。

連れ合いの関係を維持するには、その関係が常に危機にあることを双方が「知」っていなければなりません。その危機を渡りきる準備を怠《おこた》りなくやりつづけるために「情」を逞《たくま》しくしてもおかなければならないでしょう。そして危機に臨《のぞ》んでの決断において「意」を強くすることも必要です。そうでなければ、連れ合いの関係なんか、単なる惰性《だせい》の産物となります。

Mと僕の関係にあまたの惰性があったことは認めなければなりますまい。しかし、惰性が「退屈と焦燥《しょうそう》」をもたらすことへの「恐怖と嫌悪」を、二人は一応のところ保持してきました。そう構えたのは、惰性に流されてしまったら、死に際《さい》して自分らの人生物語の結構《けっこう》がつかなくなるからです。そのことについて常々語り合ってもいました。そうした会話の言い出しっぺはいつも僕のほうではありました。しかし彼女はその相手をするのをあまり嫌がってはいない風情《ふぜい》でした。それだけでも、僕には有り難いことだったのです。

（1）ジェーン・オースティン――一七七五～一八一七。イギリスの女流作家。『高慢と偏見』（一八一三）はオースティンの代表作。田舎住まいのベネット家は女ばかり五人の子供があり、その財産（土地）は法律上の規定により親類筋の青年牧師コリンズに譲られることになっている。裕福な青年紳士ビングリーが近所に移ってきて、長女ジェーンに気のある気配を示しながら、その結婚話は立ち消えになる。

次女エリザベスはビングリーの友人ダーシー（「立派な背の高い容姿と美しい眼鼻立ち」「年収一万ポンドは入るという噂」）と知り合うが、二人とも「高慢（プライド）」から相手に「偏見」をいだき、互いにいがみ合う。しかし結局、賢明な二人は互いの美質を悟り、結婚に至る。

（2）イーヴリン・ウォー——一九〇三～六六。イギリスの作家。『ブライズヘッドふたたび』（一九四五／改訂六〇）は、イギリス上流社会に属する一家族の、傲慢で危険な衰退の年代記をこのうえなく抒情的に書きつづった、ウォーの代表作。作品の根底にあるものは、現代文明にたいする弾劾と非難であり、ウォーは、保守的、貴族的な価値観により、現代という安価な時代を攻撃し、同時に、過去の栄光を継承する能力が現在のイギリスの上流階級に失われてしまったことを嘆く。

（3）福沢諭吉——一八三五（天保六）～一九〇一（明治三十四）。実学と独立自尊を説いた明治の思想家。主著『文明論之概略』。

（4）「鶏が鳴く前に、三たび……」——『マタイによる福音書』第二十六章にある挿話で、「ペテロの否認」として知られている。最後の晩餐《ばんさん》のときに、「仮令《たとひ》みな汝《なんぢ》に就《つ》きて躓《つまづ》くとも、我《われ》はいつまでも躓かじ」と言うペテロに向かい、イエスが「まことに汝に告ぐ、今宵《こよひ》、鶏《にはとり》鳴く前に、なんぢ三たび我を否《いな》むべし」と予言し、ペテロがさらに「我なんぢと共に死ぬべき事ありとも汝を否まず」と言う。そのあと中庭で、イエスとのかかわりを婢女《はしため》らに指摘され、ペテロは三たび、「知らない」（「我その人を知らず」）と否認した。そのとたんに鶏が鳴きはじめ、ペテロは晩餐のときのイエスの言葉をはっと思い出し、外《そと》に出て、激しく泣き出した（「外に出《い》でて甚《いた》く泣けり」）という。

（5）「孟母三遷」の教え——孟子《もうし》（中国、戦国時代の思想家）の母が、環境が子におよぼす影響を心配して、三度も住まいを変えたという故事。

（6）「児孫のために美田を買わず」――西郷隆盛の詩のなかにある言葉で、子孫のために財産を残すと、良い結果をもたらさないので、残すべきではない、の意。

（7）カント――一七二四〜一八〇四。ドイツの哲学者。合理主義と経験主義の総合により、科学・道徳・宗教の領域の明確化をはかり、三批判と言われる『純粋理性批判』『実践理性批判』『判断力批判』を著した。

（8）フランシス・ベーコン――一五六一〜一六二六。イギリスの哲学者・政治家。経験主義の立場からスコラ哲学を批判し、真の知識は事実の観察と実験からの帰納によってのみ得られるとした。主著『新機関（ノーヴム＝オルガーヌム）』など。

Ⅳ
孤独と交際　煉獄にも愉快がないわけじゃない

連《つ》れ合《あ》いの関係が四十四年間もつづけば、Ｍのがわからすれば「僕からの孤絶《こぜつ》」があったでしょう。僕に言わせれば「Ｍからの孤絶」もなかったわけではありません。しかし、そういう「孤独《ソリテュード》」は、原理的に言って、如何《いかん》とも為《な》し難いものです。たしかに相手の感情や思考を当方が「摂取《イントロジェクト》」し、自分を相手に「投射《プロジェクト》」する、それが連れ合いの関係ではあります。しかし、その相互依存ぶりを認識している自己がある、と究極のところ認めざるをえないのです。つまり「コギト・エルゴ・スム」（思う、故に、在《あ》る）において、その「在る」者とは、ほかの誰でもない、「自己《セルフ》」です。そうとしか言いようがありません。

もちろん、その自己を認識するのは言語によってです。その言語が自己のものであるとはとうてい言いえません。認識の「主体《サブジェクト》」が自己と見えるのは、仮想かもしれないのです。つまり、自己を超えた（「言語構造《ラング》」もしくは「言語能力《コンピテンス》」という）いわば「大文字の主体」があり、自分はそれへの「臣下《サブジェクト》」にすぎない、と言っても間違いではないでしょう。とはいうものの、状況のなかで（「言語発話《パロール》」あるいは「言語実践《パフォーマンス》」の次元にあって）感じ、考え、喋《しゃべ》り、書いている自己がいる、それは疑いえないことです。それを疑ってしまったら発話実践が一切できなくなるでしょう。そういう注釈をつけた上で言えば、デカルト(1)の「〝我《われ》〟思う、ゆえに〝我〟あり」というのは正しいのです。

世界のなかで絶対的に差異化された存在、つまりほかの何者にも（そして何物にも）同化されえない「小文字の自己」がいます。しかもその自己は、たとえどんなに小さくとも、意識の中心に座を占めているのです。その思いが孤独ということなのでしょう。「恥ずかしいくらいに仲がよい」と（他称されてきたばかりか）自称をすらやってきたMと僕にあっても、当たり前のことですが、双方が孤独を味わってきました。そのことを否定する気は僕には毛頭《もうとう》ありません。とくに、僕が評論家になって（Mにも関心が持てるし、理解することもできる）論題と論旨で物を書き、喋るようになるまでは、そうでした。その間、Mの孤独はけっして浅いものではなかっただろう、と今にして思われます。僕のほうにしても、連れ合いに自分がよく理解されているとは思われない、という孤独がなかったわけではないのです。

しかし僕がここで確認しておきたいのは、そんな孤独を抱いていたMと僕に、連れ合い関係を解消する気がなぜ起こらなかったのか、ということについてです。それには二つの事柄が関係しておりました。

一つは、Mが、それが通例なのか異例なのかはよくわかりませんが、僕のことを信じようと「決心」していたということです。そんな妙な心の決め方がなぜ可能なのか、僕には不思議です。しかしその問いを発するのをMは自分に禁じているようでした。換言《かんげん》すると、孤独の感覚を封印《ふういん》する、それが女の義務だと構《かま》えていたらしいのです。二つに、そんな決心ができるような大胆《だいたん》な精神を持ち合わせていない僕のほうは、孤独を抱懐《ほうかい》しつづけるのは男の特権であると構《かま》えました。その特権を行使しなければ、自分の人格を公的な場で表現するのは叶《かな》わぬと承知してもいたのです。それゆえ、孤独であることを憂慮するのは男の風上《かざかみ》におけぬ所業《しょぎょう》だ、と思うことにしたのです。このように断定するのは誇張《こちょう》だとしても、そういう傾《かたむ》きが両名にあって少しずつ固められていったように思われます。

孤独の封印であれ孤独の特権化であれ、それはあえて意図されたことです。だから、そのこと自体が、それぞれにあって、孤独をひそかに確認することを意味していました。しかし、連れ合い関係の舞台裏におけるそうした決意のおかげで、Mと僕は、家庭なるものを、どちらかが死んで終幕《しゅうまく》となるまで演劇場とするのに（良かれ悪しかれ）成功したようなのです。ついでに言うと、僕のやりつづけている酒場などでの社交も、自分なりのドラマトゥルギー（演劇的精神）にもとづいていたのです。

その舞台において、役者は僕で観客はMである、という役割分担がおのずとできていきました。役者は観客の反応に気を配ったり居直ったりします。観客は役者の演技に拍手したり退屈したりします。とはいえ、百に一つの頻度《ひんど》で、主客が転倒して、Mが壇上で長広舌《ちょうこうぜつ》をふるい、それを僕が呆然《ぼうぜん》として眺めている、というようなことも起こります。いずれにせよ、家庭という小さな空間において演劇の訓練を済《す》ませておかなければなりません。そうしないと、世間という大きな空間に出ていくことができない、とすら両名は考えるようになっていきました。

なぜそんな仕儀《しぎ》となったのかについて思いをめぐらしてみますに、それは、こんなことかと思われます。Mは、かつて、いわば「屋根裏の狂女」のようにして文学書に読み耽《ふけ》る少女であったといいます。他方、僕は「巷《ちまた》の放浪者」よろしく、映画館にもぐり込んだり本屋で万引をしたりしている少年でした。つまり双方が世の外《はず》れ者であったせいで、自分らが家庭を持ったことに仰天《ぎょうてん》し、で、そこを舞台とみなすことになったのだと思われます。

そういう種類の人間は、見かけとは裏腹に、利他主義者《アルトゥルイスト》であることが多いのです。僕らもそうなのだと認めなければなりますまい。つまり、オルテガふうに言えば、彼らは、それまで他者との交際に縁遠かったため、「他者に見開かれた眼」を持っており、少なくとも持ちたいと願っております。そして自己の存在については、その他者を見ている眼が自分のものであると気づいたときにはじめて、確認されるにすぎないのです。「我々の生は、必然的かつ根本的に孤独であるが、たえずそれに劣らず、我々はこの孤独の深い底から根本的な共存と社会への憧憬《しょうけい》のなかへ浮かび上がる」（『危機の本質』）というオルテガの言葉は、僕には、そしてＭにも、よく腑《ふ》に落ちるものです。一般的に言っても、言語的動物たる人間は、言語活動にとって他者が必要であるからには、利他主義(2)にならざるをえません。人間の利己主義は、他者のことを気にしているのは自分だ、と最後に気づくかぎりにおいて生じるものにすぎないということです。

死病にとりつかれている今のＭにたいして僕がなすべきなのは、彼女におけるそうした共存への憧憬を最後まで持ちこたえさせることではないか、と思われます。それは、要するに、彼女の「他者に見開かれた眼」に何が映じつづけているかを僕が理解してやることです。そして、その理解を（可能なかぎり）他者に伝えてやる、と確約することです。いや、そんな確約を紋切型《もんきりがた》に交《かわ》したとて仕様《しよう》がありません。僕にできるのは、僕がその黙契《もっけい》を守るに違いないと彼女が（死ぬまで）確信しつづけられるように、振る舞うことだけです。そして僕が忌《い》みするのは、彼女が、僕に心をあずけることができずに、深い孤独のなかへ沈み込むようにして死んでいく姿なのです。

僕の父親は、今の僕と同じ齢《とし》の頃、幼少期の（祖母が祖父の三番目の妻であり、さらに離婚して小学生の父親を残していったという経緯での、不幸と言ってよい家庭環境のなかで味わわされた）孤独の思い出にはまり込んでいきました。その父親に（いわゆる父無《ててな》し子を産《う》まされて村八分も同然になるという形で、やはり不幸と言ってよい）厄介な人生から救出された僕の母親ですらが、「お父さんと二人きりになるのが恐い」と言うこともあったくらいです。それほどに父親における孤独への追憶《ついおく》は深いもののようでした。僕にはそう思われてなりませんでした。父親が息を引きとったとき、僕はその苦悶《くもん》で見開かれていた眼が（有機質から）ガラスめいた無機質へと変じていくのを凝視《ぎょうし》していました。そして、それを死の美しさと感じたと同時に、孤独の恐ろしさとも受けとっていたのです。それを見ていて「良いものを見せてもらいました」と言ってのけた（父親とは腹違いの）伯母の言葉が何を意味していたのか。それは、自分もじきに重い孤独に引き込まれて死ぬに違いないと覚悟していることを僕に伝えたかったのではないか、と僕は考えました。そういう死をMに迎えさせないために、連れ合いとして全力を尽くしたい、と僕は考えております。そうしておかないと自分の往生際《おうじょうぎわ》が悪くなる、と利己的な算段をしてもいるわけです。思想というものを持たなかったら、こんな余計な努力はせずに、黙々《もくもく》と生き、そして死んでいけるのかもしれません。しかし、好むと好まざるとにかかわらず、我らは思想の言葉を知ってしまいました。語りつづける以外に、Mと僕の関係に始末をつける方法がないのです。

家庭は、思えば、複雑怪奇な社交舞台であります。そこでは、男と女が（それ自体としては）「獣《けだもの》」の行為に及んでいるのです。それにもかかわらず、人間にのみ特有の「信・望・愛」の物語を紡《つむ》ぎつづけています。そして子供がいる家庭で言えば、いわゆる「世代間格差」が日々生起しているのが普通でしょう。それにもかかわらず、「教育」という、無効であることをほぼ約束されている営みを、両親はやりつづけなければなりません。それが無効であるのは、教育の根本は「知育」ではなく「徳育」にあるからです。そして徳育の本質は、「価値」にかんする「精神の平衡感覚」を子供たちに教化する点にあるからです。文徳による教化、それが「文化」なのですから、大仰《おおぎょう》と聞こえましょうが、親は文化の伝道者だということになります。その文化継承は主として肉親の人格を通じて行われるわけですが、立派な人格を有している親がそう多くいるはずはありません。そればかりか、立派な価値に反逆するのが子供ということでもあるのです。

　また家庭には「内面」と「外面」の別があります。外面を引き受けるのが（主として）夫・父であり、内面は（主として）妻・母が担当するでしょう。そして外面での仕事が理性的・分析的であるのにたいし、内面でのそれが感性的・総合的であるのは言うまでもありません。この「分業と協業」において夫婦・父母が平衡を持《じ》すなどというのは至難《しなん》のことです。そのことをわきまえておらぬような家庭は、大概《たいがい》、ひび割れていきます。

　近所との交際そして親戚との付き合いという仕事も家庭にはつきものです。隣人や親戚の性格や職種は多様ですので、その人間関係が一筋縄《ひとすじなわ》で括《くく》られぬことは論を俟《ま》ちません。加えて、ペットを飼っている家庭では、動物を世話したり動物から慰められたりといった営みが、連日、つづくわけです。最後に最も重要なことですが、夫と妻のそれぞれに友人がおります。彼らを家庭に招いたり、彼らの家庭に招かれたり、といった行事があります。自己を公的な場に出現させる第一歩は、自分の家庭を他者に開示することでしょうから、この行事をないがしろにするわけにはいきません。このように数えていくと、家庭をめぐる社会交際がどれほど多岐《たき》にわたるか、仔細《しさい》に考えると、啞然《あぜん》とせざるをえなくなります。これを面白いと思うか面倒《めんどう》と思うか、人によって異なるではありましょう。そのいずれだとしても、家庭人たることはけっして人間精神の閉塞《へいそく》状態のことではない、それは確かなことです。それは、むしろ、人間が広い社会で一人前に振る舞うための基礎条件を身につけることだと言えましょう。少なくとも、社会の平均、そして歴史の趨勢《すうせい》としては、そうなのです。

家庭人となるのは妙味あふれる難事です。そうであればこそ、かつては、その厄介事のこなし方が、慣習体系において、「制度」として決められておりました。その制度のうちに、人間交際の矛盾において平衡をとるという困難にたいする（エドマンド・バーク[3]の言った）「時（間）効（果）《プレスクリプション》」が内蔵されておりました。それが（常識という名の）「処方箋《プレスクリプション》」なのです。言い換えると、歴史の英知による「予めの規定《プレスクリプション》」、それが制度の本質としての「伝統《トラディション》」なのです。

Mも僕も、文化果つる北海道で、家庭をめぐる日本の伝統が見捨てられていく時代に、制度からの逸脱《いつだつ》を好む生来の気質を持って育ってしまいました。そのため、そうした古典的保守思想の知恵を身につけていなかったのです。それを「局外者《アウトサイダー》」とよべば、我らは、局外者として生き、そして死ぬ運命にあるのだと「諦《あきら》める」（原義は「明らかに知る」）ほかありません。しかし、そうであればこそ、少なくとも（子供ができてからの）三十歳以降は、よほどの不合理が実際の不都合として我らに押しつけられるのでないかぎり、局内者《インサイダー》のやっていることに敬意をもって対することにしています。つまり「合理的ではない」などといったつまらぬ理由で、伝統に逆らうようなことは差し控《ひか》えてきたということです。

そもそも、そう考えるのでなければ、婚姻届を市役所に出すとか、婚姻関係の（死ぬまでの）永続を黙契として約束するかといった自分たちの振る舞いを、説明できなくなるではありませんか。とりわけ子供にとって家庭は、養育を受け、言語を習得し、社会環境に適応し、そして将来への企画を夢想・立案する場所です。子供たちのそうした多面的な生の組み立てを指導し見守るのが両親の仕事であります。そういう場所が確保されるには、夫婦の「分業と協業」における「持続《デュレーション》」がなければなりません。

その持続が可能となるには、家庭は（「消費《コンサンプション》」ではなく）「成就《コンサメーション》」の場なのだと、意識するとしないとにかかわらず、位置づけられていなければなりません。コンサメーションというおそらく耳慣《みみな》れない言葉は、「それ自体において、満足をもたらす行為」のことをさします。それは「手段的《インストゥルメンタル》」の反対語と見てよいでしょう。何か別の目的のために、たとえば性欲の満足とか栄養の確保とかを満たすために、また豪壮な暮らしで虚栄を張るとか老後を子供に頼るために、家庭生活という手段があるのではないのです。

家庭をめぐって、かの複雑にして遠大な交際を持続させること、それ自体において人間の生が成就《じょうじゅ》される（方向へと進む）のだ、ととらえるべきではないでしょうか。むろん、それが実際に成就されることは稀《まれ》でしょう。Mも僕も、自分らの成就されること少なき成就作業のことを振り返って、自分たちに哄笑《こうしょう》をあびせる以外に手はないのか、と苦笑している始末です。しかし、自分の期待《エクスペクト》したように事態は進まないと内省《イントロスペクト》すればよいのです。そして歴史を回顧《レトロスペクト》して、それが人間・社会のむしろ常態だ、とわかればよいのです。そう人々が思うことを通じて、世代間に「伝えられるもの《トラディッション》」が、つまり「伝統」という名の国民精神の形式がもたらされる、と認識すればよいのです。そういう「了解《アンダースタンディング》」こそが生の成就なのだと僕は思います。

　家庭にかかわって行われる「交際《インターコース》」の（「成就」を希《のぞ》むという意味での）必要性と（「了解」が難しいという意味での）不能性、それは言葉の問題と深く関連しています。インターコースとは「交通」であり、「交換」であり（さらに「性交」であり）ますが、その原意は、言葉の「走り《コース》」が「交わる《インター》」ことを意味します。なぜ走っているのが言葉かというと、交際における会話も儀礼も衣裳も料理も、菓子も酒類も、すべて言葉の産物だからです。より正確に言うと、言葉の産物たる価値、規範、技術そして組織にもとづいて、それらの社交用道具が供給されるということです。

　しかし人々の言葉の走りがうまく交《まじ》わる、つまり完全な意思疎通《そつう》が達成される、そんなことはまずありえません。というのも、それを行う人間の心が矛盾《むじゅん》のなかにあるからです。我らが六十歳のとき、こんなことがありました。十人くらいの若者を招いて我が家でパーティーをやることになり、Mは買い出しと料理の仕込みで大わらわでした。しかしその十人の若者たちは、一時間かそこらで、食事が終わるとさっさといなくなりました。何の会話もないままにです。「二度と若者は招くまい」と我ら二人は固く決心したものです。

「公心と私心」の分裂が人の心に常に潜在していることについては、もう言及しました。これは、人間の性格に「公人性と私人性」という容易には調整しえぬ二面性があるということです。また「差異化と同一化」の分裂があることについても少し触れました。これは、意思疎通の実際に即して言うと、「個人性と集（団）人性」（あるいは「孤独心と帰属心」）という簡単には均衡できない二面性によって、人間の人格が分裂させられているということを意味します。それらを合わせて、心の垂直軸で見て「公人性と私人性」、そしてその水平軸で見て「個人性と集人性」という四面が人格にはあるということです。そういう複雑な面相《めんそう》を有した人々が交際に臨《のぞ》むわけです。そこにおける言葉の遣《や》り取りが矛盾なく交換されるのは、奇跡をおいてほかにありません。

そうした矛盾が、人間交際をして発散径路に乗せてしまうほどに、深刻化させられるのを防いでくれる知恵、それが伝統です、というより伝統によって指し示される「言葉づかい」なのです。それは、オークショット[4]に倣《なら》って言うと、技術知《テクニカル・ナレッジ》ではなく実際知《プラクティカル・ナレッジ》です。ただし、適切な言葉づかいの実践は、陽明学[5]に習《なら》って言うと、「時処位《じしょい》」に応じて変わります。ここで「位」というのは、その人の立場といったようなことを表します。今ふうに言えば、「時と所と場所《タイム プレイスオケージョン》」つまりＴＰＯに応じて、言葉づかいを変えていかなければ、知恵ある交際法にはならないということです。それを「學習」するのは、その二文字に親《おや》鶏《どり》の「羽」という象形《しょうけい》が入っていることからもわかるように、先人のやり方を「真似《まね》る」のが最も有効でしょう。つまり、「まなび」は「まねび」に発するのです。

交際法なり表現法なりを学ぶには、「経験の持続」が必要だということになります。「連れ合い」を中心とする家族の場は、そのためにまことに好都合と思われてなりません。その好都合ということのうちには、そうした学習における試行錯誤を許し合う関係、それが家庭だということも入っております。Ｍと僕は、互いの（表現や動作を含めた）言葉づかいの失敗について、かなり忌憚《きたん》なく批評し合うという習慣を身につけたつもりでおります。断っておきますが、こうした交際法の学習をやったとて、「状況」は常にワンス・フォア・オール（一回限り）ですので、交際の具体的な様相《ようそう》は、その人のそのＴＰＯにおける「決断」によって定まるのです。

連れ合い関係にかんするこうしたこだわりは、僕自身に生じている「同世代における孤立」ということと関係があるのかもしれません。すでに述べたところですが、かつてコミュニストを名乗っていた僕は、二十二歳のとき、その徒党から離別する必然を我が身に感じ、結局、その方面におけるほとんどすべての知己《ちき》と絶縁《ぜつえん》することになりました。それから十年後、今度はアメリカニストたちと、学問の方面で真っ向から対立するのやむなきに至り、とどのつまり、同世代のインテリ仲間を持たないという状態になりました。さらにその十年後、物事への感じ方、考え方・行い方の総体にかかわるものとしての「思想」を我が身に引き受けたいとの欲求が水位を増し、その結果、あらゆる専門主義者と袂《たもと》を分《わか》たざるをえない成り行《なりゆ》きとなりました。それは、いきおい、同世代の学者・評論家・ジャーナリストとの交友が途絶《とだ》えるということを意味していたのです。

思えば、思想なるものは（自己批評のことも含めて）同世代精神への批評や解釈を中心とするもので、したがって、僕におけるこの孤立は起こるべくして起こった事態であった、と言ってよいでしょう。しかも僕の思想的な決意たるや、大衆社会への批判と保守思想の擁護という時代錯誤《アナクロニズム》とみなされている方向において、逆に、「時代《クロノス》」への「対抗《アナ》」の可能性を見出そうとするものでした。あまつさえ、その対抗を、マスメディアという大衆社会の牙城《がじょう》であり革新思想の展示場でもある場所で演じようというのですから、同世代に志を同じくする者がいるはずもなかったのです。

そう承知しつつも、しかし、（ソーシャリストとアメリカニストの両派からなる）近代主義といい専門主義といい大衆（迎合《げいごう》）主義といい、これほどの勢いで滔々《とうとう》と流れて止《や》まないのはなぜなのか、解《げ》しかねるといった気分が僕にとりついて離れません。とくに知識人と自称し他称される者たちが、その流れに頭まで漬《つ》かってしまうというのはどういう計算があってのことなのか、彼らの本心は知識人なんかにはなりたくないということではないのか、と思われて致し方ないのです。また、知識人諸氏からの僕への批判が、表立っては、無きに等しかったのですから、当方としては反省の仕様《しよう》もありませんでした。しかも、時代錯誤の見解なんか聞く耳持たぬ、という応対を彼らから受けたというのでもないのです。「売れっ子だね」といった類《たぐい》の嫌味《いやみ》を、通りすがりにといった調子で何度囁《ささや》かれたことか、思い出すのも嫌になるくらいです。

異端《いたん》の果てにいる者と認定されているのに、異端審問《しんもん》の座に立たされたことが一度もないばかりか、広場《アゴラ》の真ん中で長広舌《ちょうこうぜつ》をふるってもよいという許可すら与えられていたようなのです。ただし、僕の口舌に興味を示す者は大していないにもかかわらずです。何ともはや、ジョージ・オーウェルの(6)「ダブル・スピーク」の世界に生きている気分になります。つまり「イエスはノーで、ノーはイエス」という意味不明な言語空間に自分が立たされているのだ、と強く感じました。そして、その無意味な言葉に（状況に応じて）絶対的な指令を込めている「ビッグ・ブラザー」（独裁者）がどこかにいるに違いない、とも思われました。正しくは、スモール・ブラザーズたちのビッグな群れとしての「大衆」が、いわゆる「匿名の権力《アノニマス・パワー》」をふるって、僕に、出て来いとか引っ込めとか、（ニーチェの言った）「三つのM」にもとづく命令を僕に発するのです。ちなみに「三つのM」とは「瞬間《モーメント》の気分《ムード》の運動《ムーヴメント》」ということですが、これに「大衆《マス》」を加えて「四つのM」に、僕もまた対抗すること能《あた》わず、ということだったのでしょう。

そんな現下の社会と現存の自分に背を向けると、戻っていく先は連れ合いのところしかなかった、というのが正直なところです。五つめのM、つまり連れ合いを避難所として利用した、ということではありません。Mとのさりげない会話を中心とする平凡な生活、それが健全な社会と健康な自分の一つのささやかな事例であるとみなしておくほかに術《すべ》がなかったのです。僕の言論活動の終着点たるや、そんなものでしかありませんでした。そういうことならばMとのあいだの平凡事のなかに少々なりとも非凡な知恵が内蔵されているのかもしれないと考えて、Mとの会話に少々注意深くなり、Mとの生活に少々工夫を凝《こ》らしてみたという次第です。何とささやかな人生であったことか、と苦笑まじりに自認せざるをえません。

思えば、けったいなことが我ら二人には生じていると言わなければなりますまい。すでに述べたように、僕たちは伝統破壊を進歩とみなす時代に生きてきました。しかも、両名の両親が、子供たちが皆（本人を入れて、Ｍのほうは五人、僕のほうは六人）当地の学校ではまあまあ抜群の学業成績を示していたということで満足しておりました。それで家庭での教育というものに意を用いませんでした。行儀作法のことをはじめとして、子供たちが放し飼いにされていたということです。また家庭で会話劇が繰り広げられる、というようなこともありませんでした。そういう余裕のあるような時代状況ではなかったのです。

それにもかかわらず、Ｍは下品《げひん》を自分で演じたことがなく、僕は覚悟を決めた場合にのみ下品に振る舞うことができました。僕の言う下品とは、傲慢《ごうまん》とか卑劣《ひれつ》とか、臆病《おくびょう》とか野蛮といった類のことです。しかも二人がアウトサイダーであったのは、体制は下品な反面教師である、とみなしたからということでもありませんでした。ただ、家族や学校や地域の体制が自分らの夢想癖にそぐうものでなかったので、そこからしばしば逃走した、ということにすぎなかったのです。

Ｍも僕も、一体、どこで言葉づかいを覚えたのでしょう。しかも僕は（十八歳まで）重症の吃《ども》り患者であり、Ｍには（重症ではないものの）対人恐怖の性癖があります。僕のとりあえずの説明はこうです。教育はおろか情報なるものが、家庭でも学校でも地域でも決定的に不足しているとき、子供たちは、教科・情報のいわば片言隻句《へんげんせっく》にかえって敏感になるのではないでしょうか。そういう子供が一定割合いるものです。彼らは、その鋭くなった感受性によって、上品と下品を区別していたのではないかと思われます。

下品にはなりたくないという下降嫌悪が、そして上品になってみたいという上昇愛好が、その日暮らしを強《し》いられていたあのやるせない時代に、なぜ育ちえたのか。僕はこう思うのです。戦前・戦中の世代で生き残った大人たちが、過去に存在していた人間の上品さというものを懐かしむ心と、戦後に立ち現れた人間の下品さというものに苦虫《にがむし》かみつぶす心とを、片言隻句のなかに、ほとんど無自覚で表していたに違いないのです。

それを感受していた子供たちが一定数いたのでしょう。我ら二人もそのなかに含まれていたということなのだ、と思われます。だから、田中美知太郎の[7]「昔は、人も時代も上等だった」という片言隻句を、四十歳代の半ばでたまたま眼にしたのを、またそこに示されている「歴史の衰退」にかんする深い意味を、僕は忘れることができないのだと思います。

Ｍと僕は札幌で別々の中学校にいたのですが、『硫黄島の砂』というセミ・ドキュメンタリー映画を（おそらくＧＨＱ、アメリカ占領軍総司令部、の命令による）学校行事として観《み》させられた、という共通体験が二人にはあります。日本兵が撃たれ、焼かれ、吹き飛ばされていくのを実写する場面に、「良い軍隊が勝ち、悪い軍隊が負けた」と思っている同級生が、その大多数が、いっせいに拍手しました。僕は、そのとき、「こいつらと仲良くすることなどはもう絶対にしない」と構えました。

Mの場合は、担任の先生が、翌日、声涙《せいるい》下《くだ》るの、激したというよりも悲しげな口振りで、「あの光景に拍手することがどんなに恥ずかしいことか」と話したのを覚えています。そして、そのことに気づかなかった自分が恥ずかしくて、顔が真っ赤になってきたのも忘れられないでいます。そんな記憶の断片が、Mにも僕にも、無数とは言いませんが、それぞれ何十個かはあるのです。両名は、そんな機会に、人間性における上等と下等を類別《るいべつ》していったに相違ありません。

そんなふうに類別する「一定数なるもの」がどんなに少ないか、それを知らされることからMと僕における孤独が始まったのであろう、と僕は考えています。僕らは、今もなお、その「一定数なるもの」がどこにあるのかを確かめたくて、人間交際をやめないでいます。その営みの歩留《ぶど》まりは、先にも述べたように、極小値です。それでも僕のほうは、大概《たいがい》は失望に終わるという経験則があるのを承知の上で、体力がまだあるせいか、交際を求めております。そして社会という煉獄《れんごく》のなかを彷徨《ほうこう》するという結末になっております。Mは、もう疲れ果てて、そんな僕を見ていることによって、交際の代理体験とするほかないと諦めているのかもしれません。

ひょっとしたら、というより小さくない可能性で、誰しもが僕らと似たような気分で、うろうろと生きているうち、年老いていくのかもしれません。そして「大人《たいじん》の付き合いの淡きこと、水の如《ごと》し」などと言って自分を慰めているのかもしれません。人それぞれに上等／下等の基準が違うのだとしたら、そういうことになります。その挙《あ》げ句に、「趣味事」などという、堕落することおおよそ必定《ひつじょう》の時間つぶしの果てで、気がつけば自分が柩《ひつぎ》に収まっている、ということになっているのでしょう。

しかし僕には価値観は人によって多様だ、だから生き方も死に方も人それぞれでよい、という相対主義をとることができません。相対主義は、自分のなかに他者の価値観が入ってくるのを拒否しているのです。そうしなければ、価値観の優劣を自他のあいだで比較しなければならず、そのためには価値の基準を求めなければならない、ということになるからです。その峻拒《しゅんきょ》は、価値観に根差さない言葉などはありえない以上、まともな人間交際を拒絶するということです。それは、言葉の動物たる人間にとって、最悪の病気です。交際をあからさまに拒絶するのはめったになく、結局、「交際のふり」に精出《せいだ》すことになります。その常習犯が「いわゆる知識人」であることは論を俟《ま》ちません。キルケゴール(8)は言いました、「あらゆる病気のうちで最も危険な病気、それは、自分がつまらないと思っているものを宴席《えんせき》で讃嘆することで、こういうことになるのは、すべてが茶番《ちゃばん》であり、讃嘆の酒杯《しゅはい》の触れ合う威勢《いせい》のいい音のなかに、自分たちだって同じくらい自讃していいんだ、という黙認がひそかにまじっているからなのだ」（『現代の批判』）と。

それと比べると、四十七歳で癌で死んだ僕の（学生運動で知り合った）友人の交際法は上品でした。「癌病棟から、点滴器を動かしながら飲みにいったら、隣に嫌な奴が座っていて、下らぬ話をいつまでも大声でやっている。俺《おれ》は、人工肛門の蓋《ふた》をそっと開いて、そいつにメタンガスをたっぷりとかがせてやった。奴は悲鳴《ひめい》をあげていたぜ」。それは彼の想像上の行為であったのかもしれません。僕の言いたいのは、「毒をもって毒を制する、そうする以外に上品さを表せないような交際の局面があるものだ」ということだけです。

ある地方都市にこんな友人がいました。「東京からやってきたやけに体格のいい弁護士が、俺は有名人だ、今度の民事訴訟で何億円儲けた、などと喋《しゃべ》ってやめようとしない。俺は、グラスを叩き割って、〝天誅《てんちゅう》だあっ〟と言って起《た》ち上がった。店の壁に血が飛び散ったんだが、それは俺の手の指が深く切れたせいにすぎない。それなのに、その血しぶきに驚いて、相手は一目散《いちもくさん》に逃げていった。店の者が俺の家に『病院に行った』と電話をしたら、かみさんが『あら、警察じゃなかったの。相手の人が怪我《けが》しなくてよかったですわね』と言ったそうだ」。この夫婦の言動も、僕の分類では、上品に括《くく》られます。僕には、そこまでやる気力も体力もありません。しかしその方向での（僕の分類では）「上品な乱暴」を何度もやった記憶がありません。たとえば、左翼人士や右翼人士が紋切型《もんきり》の口説《くぜつ》を垂《た》れている前で、「人が左翼であるのは、人が右翼であるのと同じように、人間が莫迦《ばか》になるための早道だ」（オルテガの『大衆の反逆』）という科白《せりふ》を吐く、といったようなやり方をとるのが、僕の好みなのです。

問題は、Mが「そんな場からは黙って姿を消す、そもそもそういうことが起こりそうな場所には姿を出さない、と判断する聡明《そうめい》さがあなたにはなぜ足りないの」という説教を絶対にやめないという点です。彼女は、自分の好きなキャサリン・マンスフィールド(9)の小説にある、退役軍人の振る舞いに僕が及ぶのを恐れてきたのでしょうか。つまり、娘たちを連れて旅に出はするものの、どんな旅先にもすぐ飽《あ》きがきて、また旅をつづける父親のあとを、娘たちが必死でついていくという物語です。たしかに、交際という名の精神の旅にもそんなエンドレスの性質があります。そして交際相手が変わるのは、相手にたいして僕が「上品な乱暴」で応じる、という出来事が起こるときなのです。

もちろんMにおいてとて、「上品な乱暴」がなかったわけではありません。たとえば、天皇制についての公然たる論議がはじめて行われるようになった平成のごく初め、ある大学教授の宿舎が発火温度千三百度の爆弾で放火されるという事件がありました。細かい説明は省《はぶ》きますが、我が家もまた、左翼過激派を名乗るグループによって焼かれるという傾きになっていたのです。元左翼過激派のレッテルを貼《は》られている僕としては、自分から警察に助けを求めるということは差し控えることにしました。しかし警察の元大幹部がそれを聞きつけ、連夜のパトロールをやってくれるという運びになり、事なきをえるということがあったのです。そんなことがつづいていた折、Mは、僕に黙って、警察に相談の電話をしました。「散弾銃を手に入れるにはどうしたらよいのか」と尋ねたところ、「半年間の訓練期間が必要」との回答がきました。それにたいしMは「今必要なんだ、姿のはっきりしない敵には散弾銃が有効なんだ」と抗議したようです。

事後にそれを聞いて、僕はこれも「上品な乱暴」に当たると思いました。しかし一介《いっかい》の主婦がこんな顚末《てんまつ》に平然としておれるわけがありません。不快な緊張感が一カ月ばかりもつづいたあの体験をMはいつまでも覚えております。よほどに嫌な記憶になってしまったのだと思われます。

「上品な乱暴」という言い方は僕の自己正当化にすぎないと言われれば、そうかもしれません。そう認めても僕はかまわないのです。というのも僕の交際には、自分が好みもしないのに「軍《いくさ》」の要素がついてまわり、それゆえ自分が心ならずも「兵《つわもの》」のふりで行動しなければならぬ、という体験が多いからです。それを言葉づかいの問題として言うと、とくに講演や言論執筆の仕事においてそうなのですが、聴衆や読者をアジテート（煽動《せんどう》）する役を担《にな》わされがちだ、ということです。

あの吃《ども》りの少年は、政治運動における「決断」のなかで、つまり知情意の集中によって、吃音《きつおん》を矯正《きょうせい》したものの、その挙げ句に、人生そのものが滞《とどこお》ることとなりました。そして、裁判所で夏目漱石[10]の心理描写に安らぎを覚えるという精神の吃音状態に入りました。そんな男が、熟年から老年にかけて、どうしてこんな人生を送ることになったのか、いろいろ思い当たる節《ふし》がありはします。浄土真宗の坊主の家系にはそういうＤＮＡがあるのかもしれません。ジュールス・ダッシンの映画『宿命』（一九五七）における（白痴で吃りのギリシャ青年が突如として反トルコ・レジスタンスの扇動家に変貌するという）憑《ひょう》依《い》現象が僕にも起こったのかもしれません。それと軌《き》を一《いつ》にして、嫉妬心や劣等感が湧《わ》いてきたとき、自分は今そうした劣等な感情にとらわれているのだと高らかに公言してしまうとそれらの感情がきれいさっぱり消えてゆく、という精神浄化法を身につけたせいで、平気で物を喋《しゃべ》れるようになったのかもしれません。学問や言論や世論のあらゆる潮流を諾《うべな》うことができないからには物言いが穏和とはいかないのかもしれません。そんな自己解釈の種が数々あります。しかしそんなことよりも、他人を励ますことによって自分を励ます、という形での煽動をやりつづける構えがないと人生の尾根道を進めないような気がする、と言ったほうが僕の本心に近いのです。

人間にも社会にも葛藤《かっとう》（矛盾と逆説）が渦巻いています。人生とは右に傾いても左に寄っても転落すること必至の尾根道のようなものです。その尾根を渡るには、登山靴やピッケルなどの装備が必要でしょう。しかしそれ以上に必要なのは、まっすぐに前方を見ること、そして目的地をしっかりと見つめること、ただし一歩一歩を着実に歩行していくこと、という姿勢の問題なのだと思われます。佇《たたず》むのではなく屹《そばだ》とう、停《と》まるのではなく進もうとすると、自分および自分の人間関係を多少とも煽《あお》り立てることになる次第です。チェスタトンは、「正統《オーソドキシー》とは荒馬を御《ぎょ》す者の知恵なのだ」と言いました。馬に鞭《むち》を当てたり轡《くつわ》を引いたりするのが御者《ぎょしゃ》であるからには、その知恵には、煽動ということも入っていると思われます。

Mはどうして僕のそんな騒がしい人生に我慢してくれたのでしょう。彼女は、「結婚してからのあなたには、高校のときの異星人のような感じがなく、私はまったくの別人と一緒に生活しているような気がする」と何度も言いました。元々は異星人に興味を持ったのに、一緒になってみたら、それは地球人であったという違和感を、彼女はどう処理したのでしょう。どう考えてもいくら問うても、真相はわかりません。

我田引水《がでんいんすい》と聞こえましょうが、僕に多少とも諧謔《ユーモア》の感覚があることに免《めん》じて、彼女は僕を許容することにしたのではないか、と思うことにしています。諧謔《かいぎゃく》は、三流芸人がよく口にする「シャレ」（という名のオフザケ）のことではありません。絶対を仰《あお》ぎ見るものの絶対には辿《たど》り着けない、という悲哀《ひあい》まじりの自己諷刺《ふうし》、それが諧謔の本質です。諧謔の話法を忘れて、目標に向けてひたすらに進んでいるような人間を見るのは、Mのみならず僕自身にとっても、遅かれ早かれ、暑苦しく鬱陶《うっとう》しい気分のものです。なぜと言って、その目標は「真」に叶《かな》っているのか、その進み方は「善」に沿《そ》っているのか、その人間の姿は「美」に近づいているのか、と立ち止まって見直してみれば、どうもそうとは思われないことが少なくないからです。

そうとわかれば、誰から命じられたわけでも、頼まれたわけですらないのに、勝手に尾根と自分で称している道を歩いている妙な人間には、高笑い《ラフター》とまでは言わなくとも微笑《スマイル》をもって接するのが、表現の作法というものではないでしょうか。僕には、自慢で言うのではなく、そういうふうに自分を諧謔の材料にするのが大いに好きで、少し上手でもあります。ざっくり言うと、真善美について僕の言っていることは存分に疑ってくれ、しかし真善美があることを信じてほしい、それが僕の構えになってすでに久しいということです。だからMには、常日頃、「男は愛嬌《あいきょう》、女は度胸《どきょう》」を夫婦のモットーにしようと提案しつづけてもきました。

　Mは、たぶん、僕におけるその自分にたいする疑念と信念の組み合わせ方に、まあまあ納得しているのだと思われます。僕は、いつのまにか、ヴェブレン[11]のような皮肉屋では全然ないのに、彼の得意としていた表現の撞着法《オキシモーロン》を好むようになってしまいました。それは、たとえば「残酷な親切」といったように、矛盾せる語句を並べ、そうした「酸味《オキシー》のある馬鹿げた《モーロン》」表現で、真善美の所在を示唆《しさ》せんとするやり方です。

　しかしこの表現法が、戦後日本では、とくにTVや商業雑誌では、忌《い》み嫌われます。「キリストの如きビンラディン」と発言して僕がどれだけ世間から叩《たた》かれたか、それは、もう、「真善美にあふれた偽悪醜」の「平板《へいばん》なる険《けわ》しさ」で満ちているのが日本語なのか、と思わずにおれませんでした。そうに違いないと言い合って、Mと僕は、声を合わせて笑ってしまったくらいです。つまり僕がまだ書いたり喋ったりの演技をつづけているのは、Mという読者・観客がいることだけは確かだ、と思うことができているからです。そして、

M程度の人間が観てくれるのなら、可能性なり潜在性としては、誰しもの心のなかに、僕程度の者の「真剣な遊び」への興味がわずかにせよあるに違いない、と思われるのです。

自分が書きつづけ喋りつづけたくて、こんなことを言っているのではありません。評論家の福田恆存《つねあり》(12)の筆に、病気のせいで、七十数歳のときに少し目立って乱れが生じたとき、間髪《かんぱつ》を入れずに、その夫人が「あなた、もう、おやめなさい」と言ったそうです。それで福田氏は筆を絶《た》ちました。それを聞いて僕は、夫婦はかくあるべし、と感銘《かんめい》を受けました。いざというときに、「親切な残酷」を示せなくては連れ合いとは言えないからです。僕の場合、Mに取り残される気配ですが、「Mならばこう言うであろう」と想像を逞《たくま》しくしていれば、何とかなるでしょう。

いや、これには小さな後日談がありまして、福田氏は（ある編集者の熱心な誘いに応じて）一つだけ短文を書いたのです。それにはこうあります。「妻が、あなたの眼は死んでいる、と言う。眼が死んでいるとは只事《ただごと》ではないと思い、洗面所の鏡で自分の眼を見てみたら、それはたしかに死んでいる者の眼であった」。鏡に映った自分の眼（死）を見ているのは自分の眼（生）なのです。自分の「既視《きし》」を見つめている自分の「未死《みし》」、この逆《ぎゃく》理《り》を解くことは誰にもできないでしょう。

さらに、これは前日談なのですが、福田氏は、イタリア旅行に出かける我ら夫婦に、一枚の聖母画のコピーを示し、「病気をする前まで、これを描いた画家の名前を覚《おぼ》えていたのだが、どうも思い出せない。大昔に手に入れたこの複製画のことはどうでもよいのだが、作者の名前を忘れたというのが気になってならない。調べてきてもらえないか」と言います。Mと僕は、その一カ月の旅行のあいだ、五、六カ所くらいで、その名前を（イタリアに長期に在住している友人の助けを借りて）聞いて回りました。ついに画材屋の店員が、イタリアではそういう職種の者でもプロフェッショナルですので、教えてくれました。「ウンブリア派のもので、○○年から××年までの五年のあいだの作品と思われる。しかし、その時期のことに詳しい学者は、ヴァカンスでアメリカに行っている。帰ってきたら聞いてみるので、住所を書き残しておけ」と言ってくれました。そして秋になり、手紙がやってきて、それはピントリッキオ(13)の作品と判明したのです。我ら二人にはわかっていました、それに描かれている聖母の面影《おもかげ》が、福田夫人を如実《にょじつ》に思わせるものであることを。ピントリッキオの名前を告げたあとで、そのことにも触れましたら、福田氏は、思いつきもしなかったという真顔《まがお》で、「そうかなあ」と少し驚いて、次に少し照れた表情を浮かべておられました。

ここで僕の示したいのは、連れ合いの関係が、自分の知覚から感覚へと、いかに深く降りていくものか、ということについてです。それでも、もちろん、連れ合いの一方の端《はし》と他方の端では、知覚・感覚のすべてにおいて、差異化されてはいます。しかしその関係の両端ではなく、関係そのものの中心に、（カントの言った）「統覚《アパーセプション》」(14)という（諸々《もろもろ》の感覚・知覚を統一することのできる）究極の根拠が胚胎《はいたい》しているのではないか、と僕には思われます。現象学の用語で言えば、「相互主観性」、つまり「人間相互の気持ちが行き交《か》う過程で形成される共通了解」が確認される場所、それが連れ合い関係なのではないでしょうか。カントは独身者であったのですから、統覚《とうかく》のために連れ合い関係がかならず必要だとは申しません。ただ、凡人にとっては、連れ合いの関係をないがしろにするのは、自分の精神の背骨を折るに等しい行為です。その意味で、本格的に下品な所業《しょぎょう》だとわきまえておくべきでしょう。

連れ合い関係にあって、先立つ者にも取り残される者にも孤独がやってきます。しかし、その統覚の存在がおぼろにせよ感じられるのならば、両名にあって、孤独を乗り超えることができるかもしれない、というかすかな希望が生まれてきます。僕には、孤独についてそれ以上の憂慮《ゆうりょ》をするのは、下品と見えてなりません。Mも僕も、そのことをよくわかっています。なぜと言って、身近な例で言えば、我らの両親四名は、孤独がやってくるというぼんやりとした不安のなかで、孤独について語る言葉をほとんど持たぬまま、ただ子供たちの前では平常心を保とうとの決意だけで、黙々と死んでいったのだからです。幸か不幸か孤独や死について語ることを知ってしまった者たちは、その語りを能力の及ぶ極点《きょくてん》にまで推《お》し進め、そうすることによって孤独と死について沈黙できる境地《きょうち》へと自らを運ぶしかない、と思うのです。

（1）デカルト――一五九六～一六五〇。フランスの哲学者・数学者。解析幾何学の創始者。近世哲学の祖と言われ、近代合理主義を拓いた。主著『省察』『情念論』など。有名な「我思う、ゆえに我あり」は、『方法序説』のなかの言葉。

（2）利他主義――フランスの哲学者であり社会学の創始者であるコント（一七九八～一八五七）の造語で、他の人々のために生きることで自分の幸福が実現される、と説く倫理説。

（3）エドマンド・バーク――一七二九～九七。イギリスの保守主義思想家。『フランス革命の省察』で、革命の急進的な自由主義思想の暴動に危機を感じ、その伝統破壊を批判した。保守思想はややもすれば伝統的な世界を第一義におき、進歩や変革を否定しがちになるが、真正の保守思想は経験論的発想にもとづき、特定のドグマや世界観に頼ることなく、臨機応変に状況に対応し、人間の悪が急進主義に結びつくことを批判する思想であるとし、分析より直観を、普遍的法則より個別的行動の社会的連関と歴史的累積を、社会契約より社会有機体説を尊重した。主著『崇高と美の観念の起源に関する哲学的探求』など。

（4）オークショット――一九〇一～九〇。イギリスの哲学者・政治学者。経験論の立場に立ち実用主義的な政治理論を展開し、思想の体系化やイデオロギーにたいしては懐疑的であった。イギリスの保守主義を代表する思想家の一人。主著『政治における合理主義』『保守的であるということ』など。

（5）陽明学――中国、明《みん》代の王陽明が唱えた哲学で、「心即理」を根本思想にした「知行合一《ちこうごういつ》」説、「致良知《ちりょうち》」説を主張した。また「心」を「理」としたために、「性即理」「人欲否定」の朱子学を批判する欲望肯定的な方向も生じた。わが国では、中江藤樹《とうじゅ》、熊沢蕃山《ばんざん》、大塩平八郎、佐久間象山《しょうざん》らが受け入れた。

（6）ジョージ・オーウェル――一九〇三～五〇。イギリスの小説家。全体主義体制を風刺する寓意小説や未来小説を書いた。代表作『カタロニア讃歌』『動物農場』など。著者がここで触れているのは、オーウェルが一九四六年の春ごろから書き出し、肺結核の悪化と闘いつづけて執筆した『一九八四年』（刊行年の一九四八年の下二桁《けた》をひっくり返してタイトルにした）で、独裁者ビッグ・ブラザー（偉大な兄弟）に指導される政府が支配し、住民は監視カメラによって見張られ、言語は修正され新語化され、過去は何度でも書き直され、性生活は統制され、洗脳も行われている、全体主義体制の世界が描かれている。オーウェルは一九五〇年一月に病死したが、その三年後にスターリンが死に、ソヴィエトはスターリン主義批判の時代に入った。

（7）田中美知太郎――一九〇二（明治三十五）～八五（昭和六十）。哲学者。西洋古典学、ことにギリシャ哲学を研究。古今東西の文化を検討することで、戦前から戦後にかけての時代の通念を鋭く批判しつづけ、伝統の最も良質な発現の場所を人間の「暮らし方」に求めた。主著『プラトン』『ロゴスとイデア』など。

（8）キルケゴール――一八一三～五五。デンマークの哲学者。実存哲学の祖。ヘーゲル哲学の合理性を批判し、神と人間の断絶、神に直面する人間の実存的主体性を強調した。主著『死に至る病』『あれかこれか』など。

（9）キャサリン・マンスフィールド――一八八八～一九二三。イギリスの女流作家。チェーホフ（一八六〇～一九〇四）に傾倒し、学んだ表現技法を駆使して優れた短篇小説を書いたが、リューマチ、肋膜、肺結核と、一生病気に悩まされつづけ、三十四歳の若さで世を去った。短篇集『幸福』『園遊会《ガーデン・パーティー》』など。

（10）夏目漱石――一八六七（慶応三）～一九一六（大正五）。明治の文豪。正岡子規などとの交友やイギリスで学んだ文学論や理知的な眼で、当初のパロディ小説やユーモア小説につづき、次第に夫婦を題材に近代日本人の利己心と自我の葛藤を直視し、独特な文章で描き出した。晩年は「則天去私《そくてんきょし》」の理念を提唱した。代表作は『吾輩は猫である』『こゝろ』『明暗』など。著者が愛読した『門』は、我執からの脱出を宗教に求めたが、果たせない心境を細《こま》やかな文章で描いた佳品。

（11）ヴェブレン――一八五七～一九二九。アメリカの社会学者・経済学者。進化論・本能心理学・行動心理学をもとに、「進化論的経済学」を提唱し、「制度派経済学」の開拓者となる。主著『有閑階級の理論』『企業の理論』など。

（12）福田恆存――一九一二（大正元）～九四（平成六）。評論家・劇作家・翻訳家。戦後の文学・文化の主流をなした「近代文学」的な左翼思想と対峙し、保守・伝統主義の立場から政治と文学の明確な分離を訴える文芸・社会批評を行った。主著『近代の宿命』『人間・この劇的なるもの』など。

（13）ピントリッキオ――一四五四頃～一五一三。イタリアの画家。ウンブリア派。代表作は『アレキサンドリアの聖カタリーナの論争』壁画、『教皇ピウス二世伝』壁画で、大胆な遠近法を駆使した華麗な装飾性に特色がある。「ウンブリア派」は十五世紀、イタリア中部のウンブリア地方で活躍した画家の総称。

(14) カントの「統覚」——カントの言う「統覚」とは、「自我が感覚的多様性を自己のうちで結合させて統一すること」を意味する。

V 幼年期と老年期 三つ子の魂は百まで生きる

　四十四年にわたって連《つ》れ合《あ》いをやっており、またそれに先立って九年の長きに及んで知り合っているとなると、相手のことをすべて知ってやろうという気持ちが起こってきます。そういう関係になっていなかった期間、相手が何をしていたかが、気になってくるのです。青年期、壮年期、熟年期そして老年期は一緒に暮らしているわけですから、知らないのは、十五歳までの幼少期ということです。その子供の頃に相手が何をやっていたか、そのブラック・ボックスを埋めたくなるのはかなり自然のことと思われます。しかし、Mのほうはさほどでもなさそうです。人間というものへの好奇心が僕ほど強くないということなのでしょう。実際、「君はどんな幼女でいかなる少女であったのか」と質《ただ》したことが幾度かありますす。でも、そんな遠い過去のことについて、そうおいそれとMから面白い話を聞かせてもらえるはずもありませんでした。

そこで僕は、人間の話し合いは何と根拠薄弱なものか、と切り返します。「三つ子の魂《たましい》、百まで」とか「雀《すずめ》百まで踊り忘れず」とかいうではありませんか。たしかに、僕の思うに、人間の性格の根元《ねもと》は十五歳あたりまでで決まります。学校制度に即して言うと小学から中学にかけて、おおよそ人間の姿形が、その輪郭《りんかく》が、定められるのです。もちろん、その後も人間の行うことの内容はどんどん変わっていきます。その「変わり方」を気質とよべば、気質はかなり幼い頃にその人に独得のものとして立ち現れてくるのではないでしょうか。ところが、童話《メルヘン》ふうの物語があれこれ作られているものの、幼少期の人間に何が出来《しゅったい》するのか、うまい説明があるとは思われません。あるのは（ピアジェ(1)がやったような）児童心理の発達論といったものばかりです。そんな類《たぐい》の学術は、現存する人間のあいだの生ける意思疎通《そつう》には大して役立ちそうにありません。最も決定的なことが最も微少にしか語られていない、言葉とは何と不自由なものかと歎《なげ》きたくなります。

『論語』が「十五にして学ぶ」（「吾《わ》れ十有《ゆう》五にして学に志《こころざ》す」）と言っているのは正しいでしょう。その齢《とし》になると、自分にとって未知の精神界を、背伸びしてでも覗《のぞ》き見たいと思います。そういう欲求が、鬱勃《うつぼつ》と起こってくるもののようです。Ｍも僕も、たぶん性差ゆえに、彼女は芸術、僕は社会認識というふうに方向が異なっていたとはいえ、そうした背伸びをやり始めた覚えがあります。要するに、著名な思想家や芸術家の作品に少し触れてみたということです。しかし、「学ぶ者」としての十五歳の男女は、それまでにどんな「学びへの姿勢」を形成するに至っていたのでしょう。それについて、自分の気分がどう動いていたのか、不確かな記憶があるとはいえ、それを正確に知ったり明確に伝えたりするのがきわめて困難なのです。連れ合いの関係になっても双方が心理の根源で払拭《ふっしょく》できない孤独感を抱いているのは、どうやら、そのせいもあるのです。少なくとも、その最大の理由は、この認識困難にして伝達不能の遠い過去の記憶をそれぞれ独自に抱懐《ほうかい》しているという事実にあるのではないでしょうか。そう思うとなおさら、相手がまだ人間としての姿形を整《ととの》えていなかった幼い人生段階への関心が強くなってくる次第です。

Mは、札幌の隣近所で、「泣き虫マコちゃん」とよばれていたと聞きました。上空一万メートルを飛んでいくあのB29の不気味な爆音、それが聞こえてくると、六歳の彼女はわあわあ泣いて家へ戻っていったという話です。本人は「全身で抗議すべく、ありったけの力をふりしぼって泣いたのだ。メソメソ泣いたのではなく、怒りの叫び声を挙《あ》げてやったのだ。だから、その声が一丁先の人の耳にまで届いた。泣き虫とよばれたのは心外である」と言っております。「いくら叫んだって、B29にその声が届くわけがない」というくらいのことは、六歳の幼女にだってわかるはずなのに、と僕は思います。しかし、効果など期待せずに泣くことができる、というのが女の本質なのかもしれません。

そのあと、小学校一年のとき、彼女は、（北海道中央の東海岸にある）留萌《るもい》で町長をやっていた（父方の）祖父母のところに預けられます。体の弱い彼女は、家族にとって役立たずだったのでしょう。父親が戦地にあれば「口減らし」もまた必要なわけで、それが姉ではなく妹のほうが適当ということになり、彼女は祖父母のところへ追いやられたわけです。そこへ行く途中、石狩川の鉄橋の上で汽車が立ち往生《おうじょう》しました。日本軍の旭川師団をB29が襲おうとしていたのでしょう。乗客が皆《みな》して座席の下に潜《もぐ》り込んだときの恐怖を、彼女はまだよく覚えています。

その家が小高い丘の上にあり、グラマン戦闘機が留萌港を攻撃しに低空で飛来《ひらい》してくるのがよく見えたようです。台所の室《むろ》（地下の貯蔵庫）のなかで、少し正体を失った祖母が「一緒に死のうね、一緒に死のうね」と言って強くMを抱きしめます。その力があまりに強いもので、彼女は祖母に窒息《ちっそく》死させられるのではないかと慌《あわ》てた、と言っております。そのときも、人々に恐怖をまきちらかしていくグラマンなるものに、彼女が強い、ただし何の役にも立たない怒りを感じたことは言うまでもありません。

僕のほうは、当時、札幌のはるか西の郊外の田園に住んでいました。近所に日本軍の弾薬庫・格納庫があったものですから、B29もグラマンも、僕は何回かずつ見上げています。

グラマンは、手を伸ばせば届くと思われたほどの低空飛行でした。その日本軍の基地は、（野幌《のっぽろ》原生林に隠すための）カモフラージュがうまくやられていたらしく、攻撃は受けませんでした。そのせいか、僕の場合、Mよりアメリカ軍への感受性の発達が数カ月遅れたようです。つまり、占領軍がそこに接収したあとで反米感情が湧いてきたということです。我が家の前の国道二七四号線の砂利《じゃり》道をアメリカのタンクやトラックやジープが疾走《しっそう》するもので、我が家族は砂と土の埃《ほこり》のなかで暮らすことになったのです。兄と二人で、大きめの砂利を拾い集め、「敵軍」にちっぽけなインティファーダ（民衆蜂起《ほうき》）を敢行《かんこう》しておりました。しかし戦車の砲台がぐるりと回転して我々少国民を標的にするという事態に出会ってからは、我が兄弟ゲリラに利あらずと判断し、率直に言うと恐れ戦《おのの》いて、砂利弾の投《とう》擲《てき》はやめにしました。

　それからは、日本軍が基地周辺の叢《くさむら》のなかに目立たぬように捨てていった銃弾を拾い集めました。鉄砲がないので銃撃はできません。村の少年たちが皆して銃弾をほぐし、火薬の山を作り、冬ともなると、それをいわば「ナスカ絵」[2]のように模様で雪原《せつげん》にまきました。そしてその一端《いったん》から火を放つのは最年少の僕の役だったのです。そんな危ないことはするな、と親から注意を受けた覚えはありません。大人たちは、子供を食べさせることで必死だったのでしょう。

「反米感情」と言ってしまいましたが、僕にそんな明確な意識があったとは思われません。六歳の僕の眼に映じたのは、敗戦国民の無残、といった漠たる印象です。我が家の庭土に座り込んで、僕の母親から水をもらっている四、五十名の少年兵たちの疲れきって青黒い顔、顔、顔、戦争帰りの先生たちの苛立《いらだ》った声、声、声。そういう情景の数々については他所《よそ》で書いた覚えがありますので、繰り返しません。僕の言いたいのは、大人たちに「アメリカへの敵意」があるとはとても感じられなかったという事実です。

そうは言っても、僕の父親などは、「アメリカ兵が押し込んできたら、せめて一人くらいは刺し殺してやる」と言って、長い錐《きり》を研《と》いでいました。日本の大人たちにも、レジスタンスの構《かま》えを持った者が皆無《かいむ》というわけではなかったのでしょう。しかし、教科書に墨《すみ》を塗《ぬ》られるということを典型として、「日本的なるもの」が抹殺《まっさつ》されていきました。そして「アメリカ的なるもの」が広がっていく社会風景に称賛や羨望《せんぼう》を寄せている大人たちが増えていきました。僕の心身を放射能のように冒《おか》していったのは、そうした敗戦国民の劣等感と媚態《びたい》であったのです。その見本が、そんな田舎にまでやってくるいわゆるパンパン（米兵相手の娼婦）の姿でした。そうした日本人の従僕根性《じゅうぼくこんじょう》を見分ける程度の感受性は、僕という幼年者にだってあったのです。だから、父親が「アメリカ兵から物をもらうようなことは絶対にするなよ」と言ったとき、その意味するところが痛いほどわかりました。
Mは、小学校に入る前、壁に張られた大きな世界地図のなかで赤く塗られた小さな島、それが日本だと知って、恐怖にかられ、ぞっとしたそうです。「戦地から夫が帰還できるかどうか、たくさんの子供を抱えて生きていけるかどうかを心配していた母親の無言の恐怖、それが自分に伝わったのかもしれない」とも言っております。ともかく、幼年期をどこでどう過ごしたかによって、敗戦の記憶は様々なのでしょうが、Mは、それ以後の六十五年間もずっと、アメリカへの恐怖と、その恐怖を押しつけられたことによるアメリカへの嫌悪とを、抱きつづけています。僕は、アメリカに靡《なび》いていく日本人への嫌悪と、そのようにして同胞《どうほう》によって裏切られていった日本人の死者たちへの哀悼《あいとう》とを、やはりずっと持ちつづけています。

Mと僕は、連れ合いになってからの四十四年間、「平和主義」とか「民主主義」とかいった戦後的な言葉に好意を寄せたことがありません。それらの言葉によって作り出される雰囲気にも巻き込まれることはなかったのです。Mの場合はほとんど皮膚感覚的に、僕の場合はその感覚を理屈にまで仕立てた上で、そうした雰囲気から逃げまくったということでしょうか。くだくだしい説明は省《はぶ》きますが、小学校や中学校で、その十年近くの社会環境の全般にあっても、それらの言葉を安易に吐《は》く者たちには、偽善者が多かったのです。そのことは、Mと僕にあって、論じるまでもなく明らかなことでした。

　青年期に入ってからはっきりしてきた観念で言うと、（「戦争がない状態」をただ希求するだけの）平和にたいしては（大変革のための闘争としての）「革命」を、（多数派の世論に従えと要求する）民主にたいしては（おのれに切実な欲求にもとづいての）「自由」を、それぞれ掲《かか》げたかったのでしょう。

　幼少年に革命や自由のことがわかっていたというのではありません。しかし、つい昨日まで大喧嘩を売っていた相手の言い分に屈従《くつじゅう》するのは、ましてやそれを偉大なる社会正義として受け入れるのは、変だ、気持ちが悪い、と感じていた子供はいたのです。両名とも、そうした（「戦後」から見れば）変な子供たちだったのかもしれません。で、僕の場合は、青年前期において、「革命と自由」を叫び立てる有《あ》り様《さま》となりました。それが哀《あわ》れな結末になったのはなぜかと自省して、「真の革命《リヴォルーション》」は「伝統を現在に〝再巡《リヴォリューション》〟させること」だ、「真の自由」は「その再巡の企《くわだ》てを今の状況において決行すること」だ、とわかりました。その保守思想への転回もまた、（あらゆる勢力が革新やら改革やらを唱える「戦後」にあっては）変な所業《しょぎょう》とみなされるほかありませんでした。僕がここで言いたいのは、こうした変な成《な》り行《ゆ》きを、僕は、Mも彼女なりの立場で、幼少期に予感していたということです。

Mは言います、「小学校五年のとき、満州からの引き揚《あ》げ少女がクラスに入ってきた。着ている物は、着古した衣類に特徴的なことなんだけど、いつも垢《あか》でテカテカに光っていた。その目立って貧しい少女は、しかし目立って利発で、その挙措《きょそ》は大人びてすらいた。彼女が休み時間に私に話してくれたことが忘れられない。引き揚げの途中で見たおびただしい数の人間の死のこと、匪賊《ひぞく》に追われて逃げまどう人の群れのこと、子供を売り饅頭《まんじゅう》を売って生き延びる大人たちの姿、そんな話に私は眼を大きく見開き、耳をじっと傾け、そして心を強く打たれていた。彼女の話し方が抑揚《よくよう》が少なく淡々《たんたん》としていただけに、かえって、私の戦慄《せんりつ》はとまらなかった。彼女は、たった一年で、引き揚げ者の引き受け先が変わったせいか、いつのまにかいなくなった。できることなら、もう一度、あの子に会ってみたい」。

僕も、同じ小学校五年のとき、道東の帯広《おびひろ》で少し似たような体験をしたことがあります。転校生の私に、細身で背の高い利口な少年が近づいてきました。彼は、にわか仕立てのいわゆるバラック・マーケットから通っていたのです。彼は口数が少なく、何かに怯《おび》えたような悲しげな表情をいつも浮かべていました。それは、何かを話したいのだが話せない、といった顔つきでもあったのです。ある日、僕の母親が言います、「あの子はどうしてあんなに暗い顔つきをしているのかねえ。近所の小母《おば》さんたちが、『あのマーケットの子たちと遊ばせちゃ駄目よ』と忠告してくれるんだけど、お前はどう思う。何かを盗まれたなんてことはないのかい」と。僕は、そこが「引き揚げ者」のマーケットであり、それについて悪い噂が囁《ささや》かれていることを知っていました。母親に自分が何と答えたか、よく覚えていないのですが、たぶん、「うるさい！　マーケットに遊びにいってくる」ということだったのでしょう。

中学一年のとき、近所に恐ろしい家族が住みはじめました。夫は酒乱、妻は右腕切断といった姿です。その家は、親戚が建てた新築物であるはずなのに、亭主が暴れまくるせいで、太い柱のほかはすべて荒屋《あばらや》で、すでに廃屋《はいおく》の姿でした。そのオドオドと怯えきった女房にわずかの金銭を与えるため、僕の母親などが語らってのことなのでしょう、僕と妹が算盤《そろばん》を習いにいかされました。その女房は利《き》き腕ではないほうの手の指で珠算を懸命にやっておりました。しかし、破れた押し入れでは、野良の親猫が生んだばかりの何匹もの赤ん坊がミャオミャオと鳴きつづけ、当方はお化け屋敷に入った気分で、珠算どころではなかったのです。その夫婦も、満州か朝鮮かは覚えていませんが、引き揚げ者だと聞かされました。

こんな思い出話にはきりがありません。多少とも敏感な子供ならば、パクス（勝者の平定としての講和）の状態の下でのピース（平和）なんかに賛辞を呈するわけにはいかないと感じることができました。Mも僕もそういう類《たぐい》の子供だったのです。そういえば、後年になって、ペリリュウ島の生き残りにかんする顚末《てんまつ》を知ったことがあります。つまり同郷の兵士が二人、三年間、米軍の物資を盗んで生き延びたあと、故郷に戻ってみると、自分らの戸籍《こせき》が抹殺されていたばかりか、周囲から戦争犯罪人扱いされるのに怒り、戦友の復讐だと宣言して、町役場を襲撃したというのです。映画『ランボー』[3]の先を行くその出来事のことを本で読んだとき、Mも僕も、さもありなんと心から頷《うなず》きました。「あの戦争は一部の悪い政治家と軍人のせいだ」として、戦死者を弔《とむら》うこともせぬままに平和を謳歌《おうか》する、それが「戦後」の風潮です。そんなことがあっていいわけはない、とわかる子供たちだっていないわけではなかったのです。

　これも後年になってのことですが、我ら夫婦が外国滞在から戻って最初に読んだ本が『麻山《まさん》事件』（中村雪子著）でした。ソ満国境の近くにあった麻山で、男たちはほとんどみな徴兵され、そして残された数人の老人たちが、五百人ばかりの婦女子を（ソ連兵の狼藉《ろうぜき》から救うべく、銃殺という形で）自決させるという話です。そして、母親の体の下にかくまわれて生き延びた幼女が中国人に拾われます。戦地から還《かえ》るのに成功した父親が、二年後に、その娘を探し当てました。しかし、そのときに、その幼女が逃げながら発した言葉は「リーベン・クイズ」（日本鬼子）だったのです。つまり、その幼女には、自分の母親たちを次々と撃ち殺す日本人、という情景だけが記憶されたということでしょう。その本を読んで、Mは幾日間も、悪夢にうなされている様子でした。と同時に、これは「歴史の悲劇」というものであって、「軍隊の悪」などに属するのではない、と彼女は理解してもいたのです。

Mと僕は、一緒になってからまもなく、双方の母親が一言一句まったく同じ言葉の歎《なげ》きを呟《つぶや》いていたということを知りました。それを知って、互いに笑いながら頷き合ったものです。それは、「日本の男たちときたら、たった一回戦争に負けたくらいで、腰を抜かしてしまって、まったく、もう」という科白《せりふ》でした。「戦後に強くなったのは女と靴下」というのは嘘です。ナイロン製の靴下のことはどうでもよいとして、腰を抜かした男には女が強い者のように見え出した、というだけのことでしょう。

これは後《あと》知恵で話を整理してみるだけのことですが、我らの母たちが言いたかったのは、勝者アメリカによって平定された敗者日本が、国家として、進んで屈従していくのを見たくない、ということだったのでしょう、そういう方向で形作られていく「戦後的なるもの」を、国民精神の衰退および政府行動の衰弱、と普通の女たちはとらえました。「戦後」の不甲斐《ふがい》なさは、政治にさして関心のない一般の主婦にだって見透《す》かされていたのです。政治への関心に沸《わ》き立っていると自認している男たちの振る舞いは自立自尊の姿勢から出たものではありませんでした。それは、強者への弱者の迎合《げいごう》だったのです。それを見抜いていた「女と子供」がいた、そのことをMも僕もかなりはっきりと記憶しております。

いや、このように言いきるのは誇張の度が強すぎるかもしれません。大人たちで「アメリカは立派だ、アメリカに見習え」と言いつのっていた者に出会った体験は、Mも僕も、あまり持っていないのです。そういう（昔ふうに言えば）ハイカラな人々に会うことになったのは、後年、東京に出てきてからのことで、だから両名は、ずっと、東京文化に軽《けい》佻浮薄《ちょうふはく》を感じてきもしました。北海道では、そこが「日本のなかのアメリカ」とも言うべき移住者の地であったにもかかわらず、アメリカ文明への露骨《ろこつ》な礼賛《らいさん》は聞かれなかった、と言ったほうが真実に近いでしょう。聞かれたのは、せいぜいのところ、「アメリカのおかげで北海道分割が阻止《そし》された」というくらいのことでした。

僕が「アメリカへの迎合」と言うのは、当時の大人たちの「自信の無さ」と「方針の喪《そう》失《しつ》」といった表情、つまり、成り行きに任せるしかないといった「適応の姿勢」のことです。世間の成り行きはアメリカ文明の滔々《とうとう》たる流入ということでありました。それゆえ、その適応主義は、論理の必然として、アメリカへの迎合とならざるをえないわけです。そういう自立心の欠如と自尊心の欠落が社会に霧のように立ち込めていました。Mなり僕なりが無自覚のうちに脱走を企《くわだ》てていたのは、そうした濃霧《のうむ》で包まれた社会からであったろう、と思われるのです。脱走を実際に果たすのは、僕は十九歳、Mは二十五歳とずいぶん遅れはしました。しかも脱走先は東京というのですから、辻褄《つじつま》の合う逃亡ではありません。しかし、時代の臭気が自分の現在を包んでいるという不愉快の心理、それが物心《ものごころ》ついてからずっと、Mにも僕にもあったようなのです。それは「平定され属領となる道を歩む国家」に生きることの不快であったのだ、と後追《あとお》いで納得がいくということです。

ただ、北海道は現在もなお、言われるところの「左翼県」です。つまり、炭鉱争議、国鉄争議、農民争議の歴史が尾を引いて、それが北海道の教育をして日教組教育の牙城《がじょう》とする、また北海道の新聞をして左翼新聞の見本とする、といった事情にありました。したがって、アメリカ礼賛を如実《にょじつ》に感じるという機会は、我々が子供の時分から、むしろ少なかったと言えるでしょう。しかし、考えてみれば、「社会主義」とて近代主義の一つの極端化された派生なのです。それは、アメリカの「個人主義」という、近代主義における もう一つの極端化と通底《つうてい》しております。北海道は（アメリカに仕込まれた）「平和と民主」

を社会主義の方向で編曲した場所である、と言って差しつかえないでしょう。しかし、我々の視界を暗くしていた濃霧は、近代主義という名の「歴史の貧困」のことであったのだ、と気づいたのは、ずいぶんと遅れて、青年期を終えるあたりでありました。

幼少年のMと僕は、物質の貧困、確信の貧困、歴史の貧困に染め上げられた社会とその時代のなかで、周囲の者たちが「変な奴」と気にするほどに、孤独に蝕《むしば》まれていたようです。幼少期の孤独は、自意識において（対象化することによって）突き放すことができません。それは老年になってもなお無意識の層にうずくまり、それが時折に意識の層にせり上がってきます。我々のものにかぎらず、老年期とは、そういう「孤独を一人で思い出すことの孤独」という精神の死病に苛《さいな》まれるものかもしれません。キルケゴールならば「死に至る病《やまい》」は信仰で取り除け、と言うのかもしれませんが、我々は同じ北方人種であっても信仰から絶対的に見放《みはな》されている部類に属するのです。そうと了解しつつも、僕は次のような努力をしてみたいのです。肉体の死病にとりつかれているMにあって、その精神の死病を（取り除くことは不可能でしょうが）せめて軽減してやりたいということです。

灸《きゅう》をほどこしてMを少し元気にさせてから、僕のその企てのことについて話してみました。すると彼女は「余計なお世話です。女は死ぬまで現在に生きるのであって、過去に生きて辛《つら》い死を迎えるとしたら、それはあなたのような種類の男でしょう」と言います。まあ、比較すれば、そういうことなのでしょう。しかし、厳密には、そんなことに男女の差があるわけはないのです。

　僕は知っています、Mが相当に自己分析の得意な女性であることを。もう四半世紀も前のこと、カルカッタからマドリッド、そしてマドゥライにかけて旅をしたとき、僕がハッシッシ（麻薬）をやっていたら、その勝手な振る舞いに彼女が少し怒って、「私もやる」と言い出しました。そのハッシッシは相当に上質のもので、彼女にどんな効《き》き目が現れるのか、心配でした。で、僕のほうは素面《しらふ》で彼女を見守っていたのです。彼女における効き目は、その場合、前頭葉に現れ、それは深夜から明け方までつづきました。（ホテルとして使われている）マハラジャの宿の豪奢《ごうしゃ》なベッドの上で胡座《あぐら》をかいたまま、「自分は何者であるか」と分析しはじめたのです。その分析は、「自意識にこうまで拘泥《こうでい》する自分は何と嫌な人間か、自意識の拡大や歪曲《わいきょく》をしかもたらさない麻薬とは何とつまらないものか」という分析に至って、やっと、終わりました。その一連の分析内容については覚えていません。しかし、自分についてのその淀《よど》みない喋《しゃべ》りはなかなかに鋭いものでした。そのことだけは、僕の記憶にはっきりと残りました。

　そのことを思い出しながら、「幼い頃に味わった最初の孤独感、あるいはその後もしばしばしば思い起こさずにおれない強い孤独感は何か」とMに問いました。まず僕にあってはこうなのだ、と彼女に知らせました。今は新札幌駅の駅前になっているあたりに遠戚《えんせき》の（浄土真宗の）寺があり、その本堂の裏手が、原生林を残したままの小さな（藪《やぶ》めいた）林になっておりました。晩秋になり、霜《しも》が下りて紅葉が落ち、少しずつ朽《く》ち葉となっていく時節の頃、床下《ゆかした》を中腰で通り抜けます。そこは、土も空気も乾いており、そのせいもあって、自然のにおいは少しもありませんでした。何十年か前にその寺を建てた大工さんたちの「人為《じんい》」のみが感じられました。もちろん幼児のことですから、寺の「昔」のことが何となく察しられたということです。寺とは「死者の宿」のことというのが子供の認識です。だから、薄暗がりのなかに整然と並んでいる人為の痕跡《こんせき》たる、そして床下にあるために風雪の害を受けることの少なかった何本もの太い柱に、幼い僕は、いわば「死んだはずの過去の生き残り」のようなものを漠然と感じていたのでしょう。

そこを抜けて裏手に出ると、半《なか》ば枯れ半ば腐った雑木林です。地面は、霜が溶《と》けたせいで、じっとりと水分を含んで湿っています。しかし、その林の色合いは、黄色にせよ緑色にせよ、赤色にせよ紺《こん》色にせよ、すべてが濃《こ》く見え、厚く感じられました。それは、今にして言えば「腐乱しつつある錦繍《きんしゅう》」に自分が囲まれているという光景であったのだと思われます。虫たちはとうに死に絶《た》え、鳥たちはすでに南方へ去っておりました。農民たちの収穫作業も終わっており、林の間隙《かんげき》を縫《ぬ》って人の声が聞こえてくるということもありません。その死臭と美妙《びみょう》の入りまじった雑木林は、ひたすらに森閑《しんかん》と静まり返っていたのです。

その頃、僕は自分が吃《ども》りであり、自分の名前をすらうまく発音できない失語症者になりつつあることを、自覚しはじめておりました。そのせいもあるのでしょう、その半ば醜悪で半ば美麗《びれい》な林にじっと佇《たたず》んだり、その墓地へと繋《つな》がっている百メートル程度の林道をゆっくりと何度も往復していると、「寂寥《せきりょう》に満ちた安心」といった感覚に浸《ひた》ることができました。思い返すに、自分は独りぼっちなんだというその感覚が、幼い僕には甘美《かんび》と思われたということでしょう。なぜそう言えるかというと、それから十二年間、晩秋になると何回か、その感覚のことが思い出されて、そこに入り、佇み、歩いてみるということをつづけていたからです。それが、僕における、孤独の原風景ということになっております。

そういえば、僕が死体というものを目《ま》の当たりにした原初の体験も、その寺の向かいにあったもう一つの（真宗高田派の）寺の墓地においてでした。小学校一年生のとき、敗戦で一家離散となった（らしい）男が松の木の高い枝で首を吊《つ》っておりました。その第一発見者が僕ということだったのです。マッチ箱に数言だけ遺言らしきものが書かれていたと近所の大人たちが話しておりました。また、その寺の裏手に焼き場から流れてくる、年に何度かの、異臭をともなう煙が何を意味するか、子供にだってわかりました。「寺」は、このようにして、幼年の僕に、人間の孤独の深さというものを教えてくれました。

　このことをMに話すと、彼女は「あなたのように旺盛《おうせい》な戦闘精神で生きてきた人が吃りで、寺の林や墓をうろついていたというのは、言葉がその前傾《ぜんけい》姿勢に追いつかなかったからでしょうね。私は体が弱かったので、周囲から保護されて生きていた。それで、幼児の孤独という記憶なんか私にはありません。また自然といえば札幌の街中にいたもので、藻《も》岩山《いわやま》の季節の移り変わりを遠くから眺めて、美しいと感じていただけです。でも、〝罪の意識〟を五歳のときに持った覚えはあるわ。小樽の（母方の）お婆ちゃんのところにあずけられていたとき、満員のバスのなかで私はお婆ちゃんにオンブされていた。私は小さなゴム長靴を胸に抱いていた。でも、バスを降りてから、そのゴム靴を私がバスのなかに落としてきたとわかったの。お婆ちゃんは、私をオンブしたまま、小樽の雪だらけの急な坂道を、バスを追って必死で走った。長靴は、当時、買いたくても手に入らない貴重品だったのよ。そのゼイゼイという激しい息づかいを、私はまだ思い出すことができる。バスの後部座席にいた誰かがそれに気づき、バスが止まってくれて、長靴は戻ったわ。でも、家に戻ったら、お婆ちゃんの心臓が破裂しそうだったんでしょうね、みんなが『オバアチャン、オバアチャン』と大声でよびかけていた。私は、『この大好きなお婆ちゃんが死んだら私のせいだ』と思って、お婆ちゃんのそばに近寄ることすらできなかった。自分が罪人になったような気分だったということね。だから、あとで知ったことだけど、あなたが、高校二年のとき、妹さんを交通事故に遭《あ》わせて罪の意識に苛《さいな》まれたというのは、私にはよくわかるのよ」。

「小さいときの私は、腫《は》れ物に触《さわ》るように保育され、壊《こわ》れ物を扱うように保護されていた。それは、人間関係というものから疎外《そがい》されるということだった。ただ、ぼんやりと周囲を眺めている、それが生きることだと思っていた。そのせいで、孤独というものが何であるかすら私はわからないでいた。それがやっと理解できたのは、小学校三年のときかしらね。友だちの〝裏切〟にはじめて遭ってびっくりしたのよ。仲の良かったはずの友だちが、何の理由もないのに、急にほかの女の子と手を繋《つな》いで、私の悪口をひそひそ言っている。それに気づき、驚きと憤《いきどお》りで心が一杯になった。友だちの背信《はいしん》行為にたいする悲しみと怒りが私の全身をとらえたということね。その感情を持て余し、私は屋根裏部屋に閉じ籠《こ》もった。夏のことで、その部屋が暑く熱せられ、私は汗だくになった。でも、そこに半日、じっとうずくまって、体をふるわせていた。その感情を鎮《しず》めるのに成功しなければ、家族にも会えず外にも出ていけない、という気分だったのよ。そんなことをやっている自分自身に驚いていたようにも思う。そして、やっと、自分が先生に何度か褒《ほ》められたことが、その友だちの嫉妬《しっと》を買ったのだ、ということが理解できた。あれが孤独の初体験だったわ。感情を自分でひそかに処理する、それが私の場合の孤独ということね。あなたのように、叱りで戦闘態勢を解《と》かないでいたら、裏切に遭うことなんか日常茶飯《さはん》だったと思うけど、〝雑木林のなかの孤独〟というのは、私にはわからない。あなたは人間関係から逃れるために、寺の床下に入ったり寺の裏林を歩いたりしていた、ということなんでしょうね」。

Ｍがその胸中の奥底に暗い孤独を抱いているようなことはないのだと知って、僕はほっとしました。たしかに、彼女は人間関係というものに恬淡《てんたん》としています。たとえば彼女に母性本能とやらがあると僕が思ったことは、一度もありません。Ｍが深く濃《こ》い人間関係それ自体を嫌っているというのではないのです。その深さや濃さのなかに、何かしら公明正大でないものがとぐろを巻いていると感じると、彼女はもう駄目です。逃げるが勝ちとばかりに、その関係を絶《た》ってしまいます。

僕の場合、どういうわけか、そうはいきません。それが一向宗（浄土真宗の別称）の坊主（父方）と百姓（母方）の伝統もしくは遺伝というものかと笑い出したくなるくらいです。自分の人間関係を、ためつすがめつ観察し、こねくりまわして考察する、それが僕の性癖《せいへき》になっています。自慢すべきことではありませんし、また少し誇張があるかもしれませんが、僕ほどに多くの裏切に遭い、僕ほどに裏切られても平然《へいぜん》としている人間に、僕は出会ったことがないのです。平和と民主の御時世ですので、大がかりな裏切があったわけではありません。また僕のやってきたのが（往時の学生政治運動のことも含めて）言論であったせいで、裏切の被害なんか、高が知れてはいます。「同志」とやらの自供調書が証拠として裁判所に提出されるというのがせいぜいのところです。あるいは「雑誌のカネは俺に任せよ」と言っていた者が知らぬ顔の半兵衛を決め込む、といったことにすぎません。僕の言っているのは、一つに、人付き合いが好きだとおのずと裏切を受けることも多くなるということ、二つに、裏切というものを為《な》す他人を観察しその心理を考察していると、それにたいする怒りや悲しみがおのずと失せていく、僕はそういう方法で孤独から逃れてきた、ということだけなのです。

福沢諭吉は、「貞実《ていじつ》、潔白《けっぱく》、謙遜《けんそん》、律儀《りちぎ》」といった人間精神の内面にかかわる道徳は「私徳」にとどまると言いました。私徳のみを取り上げた江戸期の儒学には欠陥あり、というわけです。彼は、「廉恥《れんち》、公平、正中《せいちゅう》、勇強《ゆうきょう》」といった、人の行いとして外面に顕示《けんじ》される「公徳」が大事なのだ、と強調したわけです。

僕は徳義漢《とくぎかん》ではありません。だから、自分の私心に「不誠実、不潔、傲慢《ごうまん》、杜撰《ずさん》」といった不徳があるのを、否定するようなことはしません。また公心にあっても、「破廉恥《はれんち》、不公正、偏向《へんこう》、臆病《おくびょう》」といった不徳を示すことがあるのも認めます。それどころか、状況によっては、マックス・ウェーバー[4]が政治に見てとったような「悪魔との契約」を結ばなければならないことも、人生にはあるのでしょう。つまり、不徳であると承知の上で、不徳をあえて行うのが徳である、という逆説が人間の生にはとりついています。「これがウェーバーの言ったあの契約か」と自覚せざるをえない振る舞いに入ったことも、僕には少々あるようなのです。

しかし、常識《コモンセンス》あるいは良識《ボンサンス》というものがあります。その常識・良識は、徳が何であるかを、朧《おぼろ》にせよ、指し示しているはずです。そのことを承知しておかなければ、人生が混沌《こんとん》たるものになること請《う》け合いです。「秩序は混沌に勝《まさ》る」と見たレヴィ＝ストロース[5]が正しいのです。価値判断においてもそうであって、徳をできるだけ守り、不徳をできるだけ抑《おさ》える、という基本姿勢を捨ててかかれるほどに人間精神は強靭《きょうじん》ではありません。その姿勢が（具体的状況のなかで）具体的にどう示されるべきか、それを示唆《しさ》してくれる常識・良識があるはずなのです。それがあればこそ人間関係の秩序がまだ完全には壊《こわ》れきっていないのだ、と見るべきでしょう。そう思わなければ、人生の物語に起承転結《きしょうてんけつ》を与えることができません。物語とならない人生は虚無《ニヒル》です。というのも、価値・規範の基準が「ない《ニヒル》」のなら、あの「ビュリダンの驢馬《ろば》(6)」の喩《たと》え通りに、複数の選択肢の前で、人は右すべきか左すべきか、進むべきか退《しりぞ》くべきか、上るべきか下るべきかを決めることができなくなるではありませんか。

　虚無《きょむ》主義者は、生は虚無だと言い張るのですから、命をみずから絶つのでなければ、嘘吐《つ》きになります。事実、虚無主義者を気取る者たちは、「多数派の世論」なり「処世の都《つ》合《ごう》」なりに従って生きているにすぎません。彼らは「流行」に平定される、という最も安易な生き方を選んでいるのです。そんなのが虚無主義であるとは聞いて呆《あき》れる、と言うほかありません。投げやりの生を薄ら笑いを浮かべながら送る者を、「意気地《いくじ》なし」と昔の人はよんでいました。Mも僕も、自分が意気地なしになる可能性に敏感なようです。そのせいで、意気地なしの群れに出会うとき、孤独を感じずにはおれないできたのです。その点で、Mと僕は似た者同士と言ってよいのでしょう。

「平和主義」とは、そうした人々が平然と生き延びるのをよしと礼賛することです。「民主主義」とはそうした人々が大群を形成していくのを賛美することです。そうであるに違いないと、両名とも、幼いときから、いわば体感してきました。その孤独の体感に自慰を覚えはじめたら、人生物語はもう御陀仏《おだぶつ》です。

僕は、Mとの生活において、次のような、どちらかと言えば心地よい、強迫観念にとらわれつづけてきました。「流行の怪物に平定されるな。敗れること必定《ひつじょう》でもその怪物と闘え。戦うのがお前独《ひと》りでも臆《おく》した顔を私に見せるな」と彼女が僕に要求している、と思われてならなかったのです。

それで、彼女の癌が「手遅れ」と診断されたとき、たまたま会った（あまり著名でない）評論家に、「女房に名誉を与えてやろうとして頑張ってきたんだが、彼女が死ぬというんじゃ、やる気がなくなるなあ」と言ってしまいました。彼とは長い付き合いですので、その愚痴《ぐち》と聞こえても致し方ない科白《せりふ》を容認してくれるだろう、その真意をわかってくれるだろう、と高を括《くく》ったわけです。それへの反応は予想外のものでした。「俺《おれ》の女房の立場はどうしてくれるんだ！」と彼は声を荒げたのです。何を言われたのか理解できず、「どういう意味だ」と三度ほど問い返しても、説明がありません。わけがわからぬものの、ともかく僕への反発・非難であることだけは確かでした。不快感が僕の心中にこみ上げてきて、その場を去りました。深夜に布団に入っても、あの僕にたいする批判はどういう意味だったのだろう、と怪訝《けげん》な気分でした。

翌朝、眼が覚《さ》めると同時に、その意味がわかりました。あっさり言うと、「お前は〝地位と金銭〟という名誉を手に入れ、それを女房に与えるのに成功したようだが、俺にはそれがない。まだそれを与えられていない俺の女房の立場はどうなるんだ」と彼は言わんとしたのです。そのことに、はたと気づいたのです。そう理解して僕は、布団のなかで仰天《ぎょうてん》しました。僕から見て、Mの名誉とは「怪物」と闘う僕の姿を見ることです。そしてその怪物は不死身ときています。つまり、その闘いは僕が死ぬまで未完なわけで、それゆえ、Mにとっての名誉は彼女が死ぬまで成就《じょうじゅ》しえぬことになります。こんな自分にとって自明なことがいささかもわかってもらえなかったのだ、と知って仰天したのです。

そのほかにも、Mの病気が「手遅れ」だということを報告しなければならなかったとき、「自分の弟も癌で死んだ。人は死ぬもんです」とか「自分が中学生のときに祖父が癌で死んで悲しかった」とかいった調子の反応を受けたことが何回もありました。僕の場合、連れ合いの死は、両親や兄弟や親戚や友人や犬猫の死と同列ではないのです。連れ合いが亡《な》くなるということは、愛情問題として心理的に重いというよりも、自分の精神構造の半分が崩落《ほうらく》するという意味で、何か決定的な事態の到来と感じられるのです。僕にとってこんなにも明瞭なことが、付き合いの浅からぬ者にすら通じません。そうとわかって、天を仰《あお》ぎはしませんでしたが、地に俯《うつむ》くの気分になりました。

夫婦によってシェアーされる「精神構造」のことを言うのは、常識・良識の何たるかが、とくにその（状況における）具体的様相が、連れ合いとの場で日々確認されることをさしています。その確認がそれぞれの精神構造を安定的なものにするのです。あえて徳義漢ふうに言うと、男女の愛情関係の前に（私徳と公徳の両方における）徳義の具体的な共有ということがなければならない、と僕には思われてなりません。

一つの具体例で言ってみましょう。僕が評論家に成り立ての折、経済界のお偉方《おえらがた》から、「消費税や政治改革についての君の意見を聞きたい」と立派な料亭に呼び出されたことが何度もあります。彼らは、僕の話を聞いたあと、「君の言う通りなんだが、女房がA新聞を読んでいて、消費税は天下の悪税、小選挙区制は天下の正義、と言って聞かないんだ。女は説得するのは不可能だしね」と皆して笑っております。そんなことがつづくもので、とうとう僕は言ってしまいました、「奥さんを説得できなくて、何十万、何百万のサラリーマンに号令を発せられるもんですかね」と。本当は「そんな馬鹿な女となぜいつまでも連れ合っているんですか。僕なら、亭主《ていしゅ》の懇切《こんせつ》な説明よりも新聞記者の書きちらかした文章を信じるような女とは、ブン殴って、別れますね」と言ってやりたかったのです。しかし、それは下品というもので、口にしませんでした。

政治談義を家庭でやれ、などと言いたいのではありません。人間・社会にかんする正統にして正当な感じ方、考え方そして振る舞い方の（「基準」と言って強すぎれば）「大枠《おおわく》」というものがあります。その大枠を「徳義《とくぎ》」とよべば、徳義においておおよそ共通していること、それに男女それぞれの自立自尊の根拠が見出されるのでなければ、連れ合いの関係など、あってもなくてもどうでもよいと言いたいのです。ここで共通というのには、互いの徳義の補完関係が含まれています。わかりやすく分類して言うと、女性の感性的・総合的な能力と男性の理性的・分析的な能力との補い合いを保証する場、それが連れ合い関係のはずです。しかもその関係には持続性があります。したがって、その補完への恒常《こうじょう》的な予期が、男女それぞれの意識の構造を広げさせもするでしょう。

徳義への理解にあっても、相互依存があれば相互反発もあるのが普通ではあります。おそらく、そうした葛藤《かっとう》は連れ合いに偏在《へんざい》するでしょう。しかし、「持続」のおかげで、その葛藤の構造すらが双方にとって共通に把握《はあく》されるということになっていきます。それが連れ合いにおける「気づかいの交換」となって示されます。

Mと僕の家庭談義について、羞恥を押し殺して実情を言うと、新聞を読んでいるのはMのほうです。僕は、新聞をめったに読みません。精神衛生に悪いことが多いからです。仕事や社交での疲労を癒《いや》す目的で、ＴＶからの光の放射に心身をさらしていることは少なくありません。ただし、ニュースのほかには映画を観《み》るぐらいで、それ以外のTV番組からはできるだけ遠ざかっております。それでも、日本や世界の大きな出来事の概要をおのずと知ることができます。

しかし中小のニュースは新聞のほうが多く、それで、Mが僕にいろいろと人間批評や社会批判の話を仕掛けてきます。それに受け答えしているうち、僕の状況論の論点や道筋が見つかってくるという段取りになっていくのです。またその談義のなかで、かつて読んだ哲学書や思想書の諸断片が僕の脳裏《のうり》に浮かんできたりします。そして多くの場合、僕らの見解（というより常識・良識）は新聞・TVで言われていることと逆になったり、大きくずれたりします。しかしそれは、夫婦談義の挙《あ》げ句に達した結論ですので、そうおいそれと変えるなどというMへの裏切行為は不可能ですし、そもそもそうしなければならぬ必要もそうしたいと思う欲求もありません。

Mが言います、「あなた、そんな私にだってわかる簡単なことを書いたり喋ったりしていて、よく評論家の商売が成り立つわね」と。僕が答えます、「商売繁盛《はんじょう》とはいかないが、これでも、独得の意見をブレずに主張している人間として、一部では評判が高まっているんだぜ。それもそのはず、少し時間が経てば、僕の推測した通りに事態が展開していくんだからね。ところが、その僕の評論が、君には簡単至極《しごく》と見えるらしいが、世間では難解で聞こえているというんだから、呆《あき》れた話さ」と。Mが「変な世の中ね」と言い、僕は「世の中とは、昔からずっと、こんなふうに変だったのだろう」と応じます。

一回目の手術が終わって、僕がMのベッド脇で自分の書いた『核武装論』（講談社現代新書）のゲラ（校正刷）を整理していたら、彼女もそれを、暇つぶしをかねて、読みはじめました。副題が必要と思われるのに、良い案がなかなか出てきません。Mが「ざっと読んでみたけど、当たり前のことしか書いてなかったわよ。『当たり前の話をしようではないか』ということでいいんじゃないの」と言いますので、その通りにしました。その前にも、僕が戦後史論のようなものを書き、タイトルに苦慮《くりょ》していたら、Mが「『無念の戦後史』（講談社）にしたらどう」と言ったことがあります。僕が風呂場で、与謝野鉄幹《てっかん》[7]の「人恋うるの歌」の第十二番にある「誤らずやは真心を、君が詩《し》いたくあらわなる、無念なるかな、燃ゆる血の値《あたい》すくなき、末の世や」の文句を唄っていたのを聞いてのことと思われます。これも彼女の言う通りにしましたが、夫唱《ふしょう》婦随《ふずい》か婦唱夫随かが区別できない、一つの（笑うべき）見本と思われます。念を押しておくと、僕の書物についてMが口出ししたのはこの二回だけです。

流行の世論に逆らうしかなく、世間の風潮に背を向けるしかない僕のような人間は、大《おお》仰《ぎょう》に言うと、反乱を企てるの心境になっていきます。反乱の仲間が少ないのはあらかじめ予想できることです。すると、身近なところで、反乱の拠点《きょてん》を確保しなければなりません。連れ合い関係がそのために最適だとも言いませんし、絶対に必要だとも申しません。しかし、その小さな空間が現にあるのならば、それを一つの拠点にできないようでは、どこにも拠点なんか作れないであろう、と予測してよいのではないでしょうか。

しかも連れ合いの場所は、少なくとも僕らにあっては、諧謔《かいぎゃく》や冗談に充ちた場所でもあります。だから、その拠点作りは、目くじらを立てた営みにはならないのです。しばしば、夫婦のことが「戦友」や「同志」と見立てられます。しかしそれは、どうも、人生を「多忙《ビジネス》」に落とし入れ、ただでさえ厄介な立場にいる反乱者に過剰な緊張を強《し》いる物の見方ではないでしょうか。「笑いながら闘う」という余裕を与えてくれる拠点、それが連れ合い関係だと見ておかなければなりません。そう構《かま》えておけば、「負けを覚悟の闘い」をやりつづけることもできるでしょう。「勝てないような喧嘩はやらないほうがよい」というのが定説となっていますが、そんなのは下品な党派根性であり現世利益《げんせりやく》への執着というものです。夫婦という形の拠点作りは、人生と思想とを融合《ゆうごう》させるためのものでしょう。そして連れ合い関係なんかは、一方の死によって瓦解《がかい》するに決まっております。そんな程度のものに勝利がやってくるわけがありません。それは、一つのあるべき「生の形」をいずこの誰とも知らぬごく少数者に伝えることができれば、というかすかな希望に率いられて、ひっそりと遂行《すいこう》されるものにすぎないのです。

孤独は、その時代なり社会なり場所なりを支配している雰囲気から逃亡するときに生じる感情なのでしょう。あるいは、それと闘って（案の定《じょう》）敗れたときに生まれる感情なのでしょう。いずれにせよ、孤独を自覚するのは人間の輝かしい特権と言わなければなりません。人間だけが、おのれの言動に意味を見出そうと努《つと》め（または務《つと》め）、そしてその意味を表現し、伝達し、蓄積し、そして尺度するだけのことに未充足を覚えるのです。そして、それを充足させるべく、人間は孤独のなかからふたたび起《た》ち上がるわけです。しかし、おのれの意識が高みに登れば、視界が広くなりはするものの、その結果、到達すべき目標がさらに遠のきます。このシジフォス(8)のものめいた営みは、しかし、幸いなるかな、永遠にはつづきません。死がそれに終止符を打ってくれるからです。「平定されることへの反乱」、それが孤独の原因なのですから、自立自尊の気構《きがま》えを持った者は、死を意識するのもまた人間の特権だとみなすほかないのです。

パクス・ロマーナ（ローマによる平定）という言葉には、「不穏《ふおん》な敵意《てきい》のひそむ平和」という含意《がんい》があります。敵意を隠し持つのは、むろん、平定されたがわです。僕は、そしてMも、流行の世論にさしたる敵意は抱いておりません。それどころか、物事の「現場」にいる者たちは、好むと好まざるとにかかわらず、それに迎合するしかないのであろう、と察してすらいるのです。しかし、あたかも敵意を持っているかのように振る舞わなければ、自立も自尊も不可能ではないか、と思われます。それで、パシフィスト・ピース（平和主義の臆病による社会の平定）やデモクラティック・ピース（民主主義の虚偽による政治の平定）に従うわけにはいかないのです。

　孤独なしにはすまぬそうした不服従の究極の拠点、それが連れ合い関係ということなのでしょう。そして、夫婦の愛情なるものの究極の支えは、相手の孤独への（さりげなくかつ休みなき）気づかいということになるのだと思われます。それは「惚《ほ》れた腫《は》れた」といった精神の異常興奮とはまったく別のものなのです。とはいうものの、Mと僕が、その意味での愛情交換に、成功したとはとても思われません。そもそも、我らの不服従は不徹底もいいところだ、と言われても致し方ないものです。バクーニン(9)の徹底した「暴力」もガンジー(10)の完璧な「非暴力」も、我々には想像界にあっただけのことです。だから、自分の孤独も中途《ちゅうと》で相手への気づかいも半端《はんぱ》ということになったのでしょう。

　そうなったについては、我らの力量不足のほかに、抵抗の標的が正体不明である、という事情も関係しております。すでに述べた「四つのM」、つまり「マスによる、ムードの、モーメントだけの、ムーヴメント」が、その得体《えたい》の定かならぬものが、「戦後」の平定者なのです。「四つのM」が文明のあらゆる部署を占拠するようになれば、僕は、自分のMつまり妻を（保護しつつ）巻き添えにしながら、犬の遠吠えのような不服従の擬態《ぎたい》を示す、それが精一杯のところでした。

僕の人生は、真善美から遠かった以上、失敗とよばれるべきものでしょう。そんな人生に結構《けっこう》のとれた物語など与えられるべくもないのでしょう。そんな僕の人生の道連れにしたことについて、自分のMに謝るべきでもあるのでしょう。そんな両親を持った娘や息子にも憐憫《れんびん》を覚えるべきなのでしょうか。これは自己否定やら自己批判やらの弱気の姿勢で言っているのではありません。「廉恥、公平、正中、勇強」という公徳の見地からして、そう言わざるをえないのです。そんな気持ちで、今、寝息すら立てないでいるMの寝姿を見ています。彼女の口許《くちもと》に掌《てのひら》をやっても、息吹《いぶき》が感じられず、その顔に手をやってもひんやりとした感触があるだけです。一瞬、僕の背筋《せすじ》にも冷たいものが走ります。しかし、低くMの名前をよんでやると、わずかな反応がありました。Mは、ただ弱りきった身体にふさわしい眠り方をしていた、というだけのことなのです。

しかし、こんな人生でも、終わるまでは、自立の姿勢を崩すわけにいきません。自尊の気持ちも持ちたいものです。そうしないと、あの薄気味悪い「虚無」が僕をとらえます。といっても、実際にやっているのはほんのわずかのことにすぎません。たとえば格別の友人である立川談志師匠[11]から今夕に電話がきて「喉に黴《かび》が繁殖して声が出ない」と聞きました。僕にできたのは、「落語家としては、さぞかし辛《つら》いでしょうね」と言って差し上げることくらいです。師匠から「フラウ（女房）は大丈夫か」と聞かれたので、「十時間の手術を受けたが、大丈夫」と答えます。「大丈夫とは、死ぬことはないということか」とさらに問われますので、「身体は危ないんですが、Mも僕も、精神のほうは大丈夫ということです」と応じる。師匠は「知性の判断としてはそういうことなんだろうが、二人には感情の歴史というものがあるんだから、そりゃ辛いだろうねえ」と言ってくれます。そのことをMに話したら、「そういうことをさっと言うんだから、あの人は本当の知識人なのね」と、これまた、かなりに知性的な返事でありました。そういう会話を一つひとつ重ねていき、その会話の意味を性懲《しょうこ》りもなく再確認すべく文章に載《の》せてみること、老境にある者に可能な努力とはそんなことにすぎません。

（1）ピアジェ——一八九六～一九八〇。スイスの心理学者。知能の発達過程についての研究を行い、子供の思考の特徴である「自己中心性」の概念を提唱、概念形成の発達段階を分析し、発生的認識論の研究を行った。主著『幼児における言語と思考』『ピアジェの児童心理学』など。

（2）ナスカ絵——一〇〇～八〇〇年ごろ、ペルー南部海岸地帯を本拠にナスカ文化が栄えたが、「地上絵」

は、直線、三角形、台形、巨大な動物などを描いたもので、百二十メートルにも及ぶ鳥は地上に立っていてはその姿を想像することすらできない。なお、その意味はいまだ解明されていない。

（3）『ランボー』——一九八二年製作のアメリカ映画。主演、シルベスター・スタローン。ベトナムでグリーンベレーとして活躍した男（ランボー）が、復員後、不審者として警察から屈辱的な扱いを受け、怒りを爆発させる。

（4）マックス・ウェーバー——一八六四〜一九二〇。ドイツの社会学者・経済学者。「合理化」という観念から西洋近代社会の構造原理と人間の社会的行為の意味関連を解明した。主著『プロテスタンティズムの倫理と資本主義の精神』『職業としての学問』など。

（5）レヴィ＝ストロース——一九〇八〜二〇〇九。フランスの文化人類学者。ソシュールの言語学や精神分析の構造主義的方法を人類学に導入して文化人類学を作り上げた。また、未開社会を対象に親族の婚姻形態を解読して人類学に画期をもたらし、神話の共時的分析を大成させ、未開・文明を問わず、あらゆる神話に共通性があることを発見した。主著『悲しき熱帯』『野生の思考』など。

（6）ビュリダンの驢馬——ビュリダン（一三〇〇以前〜五八以後）はフランスの哲学者・パリ大学総長。近代物理学の基礎となった動体論は有名で、力と惰性の概念を構想した。「ビュリダンの驢馬」とは、同一量の同じ餌《えさ》を驢馬の左右に等位置に置くと、驢馬はどちらを食べてよいか判断がつかず、立ち往生してしまうこと。

（7）与謝野鉄幹——一八七三（明治六）〜一九三五（昭和十）。歌人・詩人。落合直文《なおぶみ》に師事、短歌革新運動を推進。『明星』を創刊、妻・晶子《あきこ》と浪漫主義運動を展開した。歌集『相聞《あいぎこえ》』など。

（8）シジフォス——ギリシャ神話のコリントの王。奸智《かんち》にたけ、ゼウスから、地獄で急坂に大石を押し上げる苦業を永遠に課せられた。フランスの作家カミュ（一九一三〜六〇）はこれを人間の不条理の象徴と見た。

（9）バクーニン――一八一四〜七六。ロシアの革命家・無政府主義者。一八四八年以来、多くの革命運動に参加。シベリアに流刑中に脱走し、ロンドンに亡命。第一インターナショナルに加盟したが、マルクスと対立して除名。スイスで没。主著『神と国家』。

（10）ガンジー――一八六九〜一九四八。インドの政治家。南アフリカでインド人の差別虐待に抗議し、不殺生を基調とする非暴力主義運動を展開する。一九一四年帰国後は独立運動に従事し、不可触民救済の提唱、イスラムとヒンズー両派の対立緩和に努力するも、独立後、狂信的ヒンズー教徒に暗殺された。

（11）立川談志――一九三六（昭和十一）〜二〇一一（平成二十三）。落語家。一九九七（平成九）年、高座で自ら食道癌であることを告白した。

Ⅵ 異邦と祖国 「何か」が瀆神のあとにやってくる

北海道を出自《しゅつじ》とする者たちには、当たり前のことですが、どこかエトランジェつまり異邦人《いほうじん》のにおいがあります。事実、そう言われることが少なくありません。エトランジェという仏語はどことなし洒落《しゃれ》ていると感じる人が多いようです。しかしエトランジェとは、ストレンジャーつまり「見知らぬ人」、「変な人」ということなのです。Mと僕は、その意味で、自分らがエトランジェであることを自覚しつづけてきました。異邦の地とよばれても致し方ない北海道という「外地《がいち》」にあってすら、僕たちはストレンジ（変）だったのです。だから、「内地《ないち》」にあってはなおさらそうだ、という確信すらが二人にはあります。

そこで僕は（トーマス・エリオット[1]）の『アフター・ストレンジ・ゴッズ』のことを思い出すのです。この「アフター」には微妙な意味合いが込められております。「異邦《ストレンジ》の神《ゴッズ》」を「求め《ルック・アフター》」たり「追っ《ラン・アフター》」たりしたあとで、正統《オーソドキシー》と異端《ヘテロドキシー》の関係に「ついて尋ねる《アスク・アフター》」ことになって然《しか》るべきだ、とエリオットは言っているのです。もっと言うと、「異神のあとに《アフター》」いわば正神《せいしん》へと近づいていく、それが人間精神のあるべき筋道だ、と彼は言いたかったに違いありません。

僕が保守思想のことを語りはじめたのを揶揄《やゆ》して、ポスト・モダンの連中たちが、「あの辺境の地から出てきた者が伝統について云々《うんぬん》するとは何事ぞ」と言っておりました。それには、「左翼過激派」に属していたという僕の過去にたいする追求も少々含まれていたのでしょう。それを聞いていて、僕の脳裏《のうり》をエリオットの次の言葉がかすめました。「人が何らかの意味で瀆神《とくしん》の言葉を口にすることができるためには、その人が瀆《けが》している対象である神を深く信じていなければならない」。ここで瀆神《ブラスフェミー》とは「傷つける言葉《ブラスフェミー》」のことです。

たしかに、僕は元左翼過激派ですから、瀆神の徒であったのでしょう。しかし、正確には、東洋のであれ西洋のであれ、(有名な思想家を含めた意味での)どんな神にも信心できたことがありませんでした。それゆえ、その瀆神とて、神を信じようとする者の行いではなかったのですから、疑似《ぎじ》のものにすぎなかったのです。Mも、言ってみれば芸術愛好家でありつづけてきた以上、疑似瀆神をつづけてきたのでしょう。というのも、少なくとも現代の芸術家の多くは、感覚や感情の赴《おもむ》くところに任《まか》せて、瀆神の姿勢をとっているにすぎないからです。芸術を愛好してはいるものの、つまり芸術による神殺しに好意を寄せつつも、その殺された神のことを真剣に感受したことがない、というのがMの心境であったと思われるのです。

しかしMも僕も、異神に関心を示さない人々、瀆神の言葉を吐《は》いたことのない人々と長く交際することができなかったのは事実でした。同時に、「異神のあとに」正統に辿《たど》りつきたいと欲求していないような人々と長付き合いすることも難しかったのです。僕の言う「精神の平衡術《へいこう》」としての「伝統」というのは、要するに、「国民精神」の根底にあるはずの、「異神を閲《けみ》したあとで正神に近づくための、精神の形」といったことを意味します。

おそらく、そういう僕の考え方が、壮年期以降の僕自身として、異国への旅に追いやったのだと思われます。ちなみに、それまでは裁判のことなどがあって、国外へは出られませんでした。旅をするのを極端に嫌う僕が、四十カ国を超える外国をまがりなりにも経《へ》めぐってしまったのです。そこには、どこか、無理やりの旅といった調子があったことは否《いな》めません。また、いわゆるパック旅行は僕の忌避《きひ》するところですので、それらの旅にはいっそうの無理が要求されもしました。ただし最近は、（ヒットラーの始めた）禁煙ファッシズムが世界を覆《おお》いましたので、そんな健康病にかかった世界に足を延ばす気が完全に失せました。無理を自分に強《し》いなくてすむので、安堵《あんど》の限りです。各国の散逸《さんいつ》するばかりの国柄《くにがら》にはもっと強い「束ね《ファッショ》」が必要でしょうが、禁煙で世界を束《たば》ねようというのは、しかもグローバル・マネーが土煙《つちけむり》を上げて各国の文化を荒らしているなかでそれをやるというのは、狂気の沙汰《さた》です。

Mは、そのうち十数カ国を僕に同行してくれました。西廻りで数え上げてみると、台湾、パラオ、インド、スリランカ、ギリシャ、オーストリア、ドイツ、フランス、イタリア、スペイン、ポストガル、イギリス、アイルランド、メキシコ、アメリカといったところです。彼女は、体が弱いくせに旅するのが大好きで、大概《たいがい》は、旅先で興奮気味の体《てい》でおりました。それを見ていてはじめて、僕にも、ほんの少々ですが、旅したことの満足が起こってくるという次第だったのです。

Mにおける興奮の気味は、まとめて言うと、異神に接することの喜びということだったのでしょう。旅の目的地にかんする彼女の予習は猛烈なものでした。またそれは、楽しみに満ちた学習であるようにも見えました。異国に入る前にすでに、異神の何たるかについて、ひょっとしたら現地の異教徒より詳しい、という有り様《さま》でした。ここで異教というのは、もちろん、その地の文化ということにすぎません。僕ときたひには、飛行機や電車や自動車といった乗り物のなかで彼女から説明を受けてはじめて、その地の文化について即席の情報を得る、といった怠けぶりでありました。

彼女の異神体験に苦しみがなかったというわけではありません。たとえば、メキシコ・アステカの生《い》け贄《にえ》の儀式についての書物を読み進むうち、彼女は重い不眠症にかかってしまいました。また、植民の商業都市であるインド・ボンベイ市や人工のオアシスであるアメリカ・カリフォルニア州には強い嫌悪を覚えたようでもありました。ただ、そういう負の体験も含めて、Mは、あえて一般化して言うと女性なる者は、異神の群れになぜかくも直接的な興味を示すのか、と僕は考え込まざるをえません。

女性は、次々と現れる異神たちをメトニミー（事実の部分的な繫《つな》がりにかんする比喩《ひゆ》としての「換喩《かんゆ》」）においてとらえるのではないかと思われます。それは、水平的な思考ですので、いわば大地を滑走《かっそう》するように、案外に順調に進むのです。それにたいし男性のほうは、メタファー（事実の全体的な形相《けいそう》にかんする比喩としての「隠喩《いんゆ》」）によって異神たちをとらえようとします。それは、いわば大地の引力に逆らって上昇したり、大地の地層を強引に掘り進むような作業ですので、簡単には進みません。いや、それを簡単にすまそうとすることもできない相談ではありません。たとえば、僕においてそうであったように、類型化された都市をいくつか見て、また都市部と田園部をざっと眺めて、その国についてのメタファーが出来上がった気になるという誤魔化《ごまか》しのやり方です。

いずれにせよ、Mと僕は、旅についての換喩と隠喩を交換し合いました。そして、いつも、故郷である北海道を思い、祖国である日本を考える、ということになったのです。北海道そして日本、それが自分らにとっての正神であると思うほかありませんでした。二人は、たとえば次のような会話を何度も交《まじ》えました。「亡命しなければならないとしたら、イギリスのカントリーサイド（田園）に住みたい。そしてカネがありイタリア語ができたら、年に何回か、イタリアの諸都市で社交をやっていたい」。

そう思うのは、まず、イギリスの空気のさらりとした感じ、空の青色の薄さ、どこまでも広がる緑の麦畑、人々の交《かわ》す挨拶の控え目さと丁寧《ていねい》さ、そういうものが日本の北辺《ほくへん》を故郷とする我々にしっくりくるからです。イギリスと北海道では慣習体系の硬軟、伝統精神の強弱といった明確な差がありはします。しかしそれとて、日本とイギリスというふうに並べると、文化の雑種性《ハイブリディティ》と包括性《コムプリヘンシヴネス》という点で、互いは類似していると見ることもできるのです。Mと僕がイギリスの田園に既視感《デジャヴー》を抱いたのは確かと言えます。今から三十年前、自分は時代遅れに保守思想を語ることになるであろうと得心《とくしん》したのも、自分らが住んでいた住民三百人の「イギリスの片田舎」に「古い日本」を見たような気がしたからだ、と言って差つかえないのです。

次にイタリアの諸都市について言うと、そこに歴史が堆《うずたか》く積まれているほかに、東京においてMと僕が理想と思う社交法が呈示されています。イタリア語のできない僕がそこまで断定してはいけないのかもしれません。そうとわきまえつつも、旨《うま》い物を食べながら闊《かっ》達《たつ》に喋《しゃべ》り合い、いざとなれば心身を酷使《こくし》して勤労に励み、そして友情に殉《じゅん》じながら、（マフィアのことも含めて）ファミリーのためには是非もないとわかれば、裏切も辞さないといった社交、それが我ら両名の望みだったのです。それは、いわば「緊張に富《と》んだ朗《ほが》らかさ」をもたらすような社交です。その範型がイタリアにおいて開示されている、と想像されてなりませんでした。

しかし、実は、外国のことなんかは、Mと僕とが故郷と祖国の像をどう形成するかに当たっての、きっかけにすぎなかったのです。あえて差別語をつかうと、「毛唐《けとう》や土人の国は、たとえ天国であろうとも、長滞在できるような場所ではない」と認めざるをえません。それもそのはず、どこの外国人であれ、我々のことを日本人《ジャップ》としかみなさないのです。そうであればこそ、小さな娘にも息子にも、「お前たちは、『日本の子供』の代表とみなされるのだから、ウェルビヘイヴド（行儀よく）に振る舞え」といつも言い聞かせなければなりませんでした。「本当にお前は日本人なのか。普通の日本人はお前とは違う」というようなことを外国人から言われたことが、僕には何度かありはします。しかしそれとて、「日本人としては変《ストレンジ》だ」ということにすぎません。しかし当方から言わせてもらうと、マネーとテクノロジーのことを口にしない日本人もいるのだ、ということを、我らは外国人に知らせたかったのです。そうした日本人の名誉のための奮戦努力ぶりは、市井《しせい》の徒《と》のものとしては表彰に値《あたい》した、と自画自賛したくなります。

冗談に屋上屋《おくじょうおく》を架《か》すように聞こえましょうが、本当の話、外国人と表面的に付き合うのは簡単で面白いものなのです。たとえばイギリスでは、そこでアメリカ人に会うと、「イギリス人は少し傲慢《ごうまん》と見えますが、あなたの感想はどうでしょう」などとやっていれば十分です。アメリカ人は、イギリス人から野蛮人扱いされるのが普通ですから、大いに喜んでくれます。そしてイギリス人には、「アメリカ人の歴史感覚の乏しさについていけないのだが、あなたの気持ちはいかがか」などとやっていれば、「物のわかる日本人もいる」と頷《うなず》いてくれます。

こんなことが、十五年前にありました。日本の国家の裏舞台に「日本と欧州（ＥＣ議会）」との政治家交流会のようなものがありまして、そこで二十分喋れとの依頼があったのです。知識人たちがいかなる報告をしてきたのか確かめると、予想通り、「天皇制、神道、縄文文化」などといった話題ばかりでした。地球の裏がわまではるばるやってきて、大して関心のない話に、さも興味ありげな顔をしていなければならぬＥＣ議員たちも辛《つら》かろうなあ、と同情せずにはおれませんでした。それで僕は「日本は西欧から何を学びうるか」と題して、内心では知ったかぶりと恥じつつも、著名な西欧哲学者の論を引用しながら、近代主義への「信と疑」の平衡感覚としての保守思想の大切さを語りました。そして、アメリカと（それを範とする）戦後日本がいかに思想的なヴァンダリズム（文明破壊の野蛮行為）にはまっているかについて述べました。ＥＣ議員たちは大いに面白がり、議論は三十分の予定をはるかに超えて百二十分にまで延びてしまいました。

議論が終わりに近づいたとき、フランスの女性議員が「あなたは、我がフランスの発見した〝人権〟という普遍価値をまで否定するのか」と抗議してきました。で、僕は、「よくぞ聞いて下さいました。私の否定したかったのはまさにその〝人権〟なる不毛の観念なのです。エドマンド・バークいわく、『国民の権利は盛大に認めるが、人間の権利などは冗談にすぎない。なぜなら、権利と対《つい》になる義務は、各国の国柄によって異なっているから』」などと答えていました（バークは、どんな権利も国民性を帯びているということを言いたかったのです）。すると同じフランスの男性議員が起ち上がって、「自分はゴーリス

（2）トであり、あなたと同じ意見だ。フランス人にもいろいろいるのだ、と知っておいてほしい」と言います。

　これで議論がやっと終了かと思ったら、イタリアの女性議員が「ちょっと待ってくれ。あなたはイギリスだフランスだ、スペインだロシアだ、ドイツだアメリカだといろいろ話したが、なぜ我がイタリアについての言及がないのか」と質《ただ》してきます。僕は、「尊敬おく能《あた》わざる大好きなイタリアについて、私ごときが蝶々《ちょうちょう》するのは差し控えるしかありませんでした。ただ一つ心配なことがあります。最近のイタリアではマフィア狩りが進んでいるようです。しかし、マフィアの存在はイタリアの魅力の重大な構成要素と思われてなりません。マフィアを滅ぼしてはならぬ、と私は思います」とやったら、一同、呵々大《かかたい》笑《しょう》してくれました。

　僕の言いたいのは、故郷とは何か、祖国とは何かということです。それは（異神を祀《まつ》る）異郷や異国についてどう語るか、その語り口のなかにおのれの郷土愛や祖国愛をどう表現していくか、という形でしか明らかにならないでしょう。というのも、戦後日本にあっては、故郷も祖国も（実体としては）明示できないものになってきているからです。Mも、彼女なりの異文化体験を通じて、僕の次の言《げん》に賛成だと言います。「〝白色浮き出し〟

という画法があって、この部分はアメリカ的、この部分はアジア的、この部分はヨーロッパ的と種々の色で塗《ぬ》っていっても、中心に白地部分が残る。その浮き出ている白地の形こそが故郷・祖国の姿なのだ。逆に言ってもよい。その故郷・祖国の姿形があらかじめ察知されるので、それが残るように、周辺を塗りつぶしていくのだ」。ふたたびエリオットを真似《まね》て言うと、故郷・祖国の「不在証明《アリバイ》」を自分らがやってしまうのは、その存在がよほどに気になって仕方がないからだ、という迂回路《うかいろ》を通って我らは故郷・祖国に還《かえ》っていくということです。

この「白地」の持つ存在感に打たれるとき、人間の感情のなかで最も強いのは「望郷」の念ではないか、と思うときすらあります。たとえば、アラブの地を十年間もタライ回しされていた日本の（ノンキャリの）外交官が「国に帰りたい」と男泣きしていた気持ちが察せられるのです。また、これは戦前のことですが、ある日本の老農夫が、ペルーの海辺で、夕陽を見つめながら、望郷の思いで泣き崩れていたというのも、よくわかる光景です。

Mと僕に望郷の思いに苛《さいな》まれたことがあると言うのではまったくありません。（特定の異性をはじめとする）他人を「いとおしい」と思うその「思い方」に、その感情や思考の動きの形成に、故郷や祖国の風土や慣習が、そして歴史や伝統が濃い影響を与えています。Mも僕もそう想像せざるをえないのです。

夫婦愛とか兄弟愛、隣人愛とか友人愛のことを軽々しく口にしてはなりません。

そもそもMも僕も、古代ギリシャ的な「宇宙への愛」にせよキリスト教的な「神への（あるいは神からの）愛」にせよ、「無私の愛情」としてのアガペーあるいはラヴについて、良かれ悪しかれ、哲学も宗教も、道徳も美学も発達させてこなかった日本人なのです。つまり、二人とも、「愛」という言葉それ自体に違和感を覚えずにはおれません。連《つ》れ合《あ》いの関係について僕に確実に言えるのは、男女間の親愛の情が言葉によって表現・伝達・蓄積・尺度されること、そしてその言葉が故郷・祖国に根差しているということくらいです。故郷と祖国から逃《のが》れ難さを感じている、その自分を繋いでいるものに愛着を覚える、それが「望郷の念」ということなのではないでしょうか。Mと僕が（情緒的な意味での）望郷の思いに心身を焦《こ》がした、ということは一度もありません。それなのに、なぜ、「人間にとって最もやるせない感情は望郷の思いであろう」ということで二人して意見が一致しているのでしょう。それには、やはり、外国滞在や外国旅行のことを挙《あ》げなければなりません。平凡なことですが、自分らの感覚、感情、説明、判断のすべてが如何《いかん》ともし難く日本の言葉と風土に根ざしていることを、外国において何度も強く感受させられ深く認識させられました、つまりMも僕も、いわば「認識における望郷」といった類《たぐい》の（間接的ではありますが）執拗《しつよう》な望郷思想とでも言うべきものに、この三十余年、とらわれつづけているわけです。

しかも、その「外国」には「今の日本」ということも含まれるというのですから、いささか始末に悪いと言わなければなりません。たとえば札幌に帰ってみても、Mにとっての札幌市幌西区《こうさいく》も僕にとっての札幌郡厚別《あつべつ》村も、跡形《あとかた》のほとんど一片《いっぺん》も残していないのです、東京とて然《しか》りです。あの昭和三十年代前半における焼け跡の雰囲気を多少とも残していた東京の風景はどこを探しても見つかりません。人間の記憶の糸にかくも無残かつ無数の切断を強《し》いた例は、めったにあるものではないでしょう。ここでそれを歎《なげ》こうというのではありません。Mと僕を繋いでいる最も太い糸は、互いの記憶のなかにある離れ越し方そして過ぎにし時としての「郷と国」とを「いと、おしい」と思う、という点での共有《コモン》の感覚《センス》であり意識《センス》であると言いたいだけのことです。

もちろん、連れ合い関係の親愛感を愛郷《あいきょう》心や愛国心に解消しようなどというのは、馬鹿げています。けっして自慢すべきことではないのでしょうが、Mも僕も、同窓会に出席したことも、祭日に日の丸を掲げたことも、ほとんどないといった生活をしてきました。僕は、連れ合いにおける親愛感の解消ではなく根拠づけのことを言っているのです。つまり親愛を示す言葉は故郷・祖国なしには成り立ちません。そうなのだと了解すること、それがなければ、連れ合いの死は取り残される者に虚無感をしかもたらさないのです。虚無を恐れてそう言っているのでもありません。虚無感に浸《ひた》るという結果になるほかないのが互いの親愛の情だ、と確実に予感されるのなら、そんなのは、すでにして親愛の情であることをやめています。

故郷や祖国には、実体的《サブスタンティヴ》な基礎が（風土や慣習というように）ないわけではありません。しかしそれらは、主として形式的《フォーマル》な観念でしょう。とりわけ、近代において（キルケゴールが一世紀も前に言った）「水平化の鎌《かま》(3)」が世界を平準化させています。今、社会主義系のコスモポリタニズム（世界連邦主義）や個人主義系のグローバリズム（世界画一主義）がその「鎌」をさらに大きくしてもいます。したがって、故郷・祖国を実体として直接的に感得するのが困難になっているのです。

しかし、ナショナル・ランゲジつまり「国語」は根強く生き残っています。国語の地域ごとの遣《つか》い方としてのリージョナル・ランゲジつまり「地域語」は、実体的な方言《ダイアレクト》としては消え失せつつあります。しかし、弁証《ダイアレクティック》の形式としては、それは生き長らえているのです。そして言葉の遣われ方における国民性や地域性の形式を見据《す》えるという径路を辿《たど》るとどうなるか。逆に、それらに祖国や故郷の実体が間接的に影を落としていることが見通されます。というのも、言語活動にあっては、常に、言語構造の形式と言語実践の実体とが統一されている、少なくとも完全に分離されることはない、のだからです。

話が迂路《うろ》に入りすぎました。僕がここで強調したいのは、夫婦の親愛の情も、故郷や祖国への思いという精神的な土壌《どじょう》のなかに育つものではないか、という一点なのです。僕はつとにそう考えていました。それで、一方で『発言者』（その後継誌としての『表現者』）という、形の上では全国向けの雑誌刊行に、夫婦してたずさわってきたのです。そして他方で『北の発言』という北海道向けの雑誌刊行もやってきました。浄土真宗の坊主の末裔《まつえい》よろしく、布教・説教の活動に憂《う》き身《み》をやつしてきた、というところでしょうか。Mが言うに、「あなたの父方の祖父は、夕張から長沼へ、獣道《けものみち》を通って布教にいき、そこで大きな寺を建てたと聞いたけど、あなたもその血を引いているのね」ということです。

そういう企《くわだ》てに、Mは一貫して協力してくれました。そのための国内旅行も山ほどやりました。それがどんな実効をあげたか、あえて言いきりますが、そんなことは二の次なのです。そうした言語活動における「連れ合い《ベターハーフ》」の連合《アソシエーション》、それを欠くと夫婦の情愛は私的な空間において閉塞《へいそく》したり、そこで煮詰《につ》まって硬直したりするでしょう。

郷土愛や祖国愛そのものにも閉塞や硬直の危険が待ってはいます。それを恐れてのことか、近代人は故郷や祖国にかんする精神形式をすら否定します。それが（近代主義を奉《ほう》じる者たちとしての）左翼です。彼らは、今や、世界連邦主義や世界画一主義を唱えるに至っています。それにたいし（近代主義に背を向ける者たちとしての）右翼はそれらを文化実体としてとらえすぎます。わかりやすい例で言うと、天皇や靖国を、能や歌舞伎を、茶や華を、実体として、肯定し、礼賛《らいさん》するのが右翼ふうです。僕がそういう左翼や右翼の人士でないことに、Mは安心を覚えてきたようです。彼女を安心させたくてそんな（保守の）立場をとってきたわけでは、むろん、ありません。ただ、連れ合いを納得させることができれば、僕のほうが自分の思想に少し自信を持てるといった具合なのです。

人間が言葉の動物なら、人間の（生の極限としての）死も言葉の根拠の上におかれるべきではないでしょうか。そして言葉の実践が国語や地域語を用いて行われているなら、人間の死も郷土愛や祖国愛の上に据《す》えられて当然だと僕は思います。換言すると、死を私の領域に閉じ込めるな、死を公の領域に連れ出せ、ということです。

故郷や祖国それ自体が閉ざされた観念ではないか、地方や国家を絶対とする排外主義《ショーヴィニズム》ではないか、というのは暴論です。故郷はほかの地域と域際《インターリージョナル》的な関係にあります。祖国も他の国々と国際《インターナショナル》的な関係にあります。それらを閉じられたものと見るのがそもそも実体信仰なのです。実体とは、関係の持続的な安定性のことにすぎない、と見ておかなければなりません。「実体それ自体」は言い表しえぬもので、それゆえ、我々の精神現象において固定されている「関係性の束」、それが実体となるのです。国家とは、そうした内面および外面の関係性における輪郭《りんかく》のことにすぎません。その輪郭は、状況に応じて、伸縮自在となります。そのことをさして、オルテガは「皮膚《ひふ》としての国家」とよんだわけです。

ところが、この人間にとって常識・良識であるはずの故郷意識と祖国感覚が、戦後、この列島において急速かつ大幅に失われてきているのです。列島人は、「拠《よ》るべき故郷・祖国はありやなしや」などとよく口にします。発想が逆様《さかさま》なのではないでしょうか。故郷や祖国は、まずもって国民一人ひとりの精神の内部にあるべきものです。夫婦の情愛関係すらが、そうした公共空間にかんする意識によって下支えされていると考えるべきなのです。故郷の崩壊とか祖国の喪失とかは、自分らの外部世界にある公共空間が瓦解《がかい》するということではありません。というより、その外部世界を溶《と》けて流れさせているのは、自分らの内部世界における頽廃《たいはい》にほかならないのです。その帰結が、国民精神のあたかも失語症めいた衰退によって、文化が溶解させられていく、といった現状なのではないでしょうか。そうと理解すれば、建て直さなければならないのは、故郷を思うことの少なき自分らの心性であり、祖国を忘れて恥じないおのれらの姿勢だということになります。戦後のそうした国民にあるまじき気風に抵抗しようとして、Mも僕も、貧しく慌《あわ》ただしい外国旅行を積み重ねてきた、ということになりましょう。そう言ってかまわないと思われます。

なぜこんなことをくどくどと言うのか、そろそろ僕の感情を率直に披瀝《ひれき》したほうがよいのかもしれません。やがてやってくるMの死にうろたえているばかり、といった心理状態に僕は入りたくないのです。その死を泰然自若《たいぜんじじゃく》と迎えるといった鈍感さは僕にはありません。またそれは、Mにたいしての無礼というものだ、といったくらいのことは僕にだってわかっています。しかし言論人の端《はし》くれとしては、自分の死に恐怖すべきではないし、連れ合いの死に狼狽《ろうばい》してもならぬ、と思うのです。そう構《かま》えないのでは、その言論に現実性《リアリティ》や現存性《アクチュアリティ》を込めることができません。たとえば、「平和と戦争」について語る僕が連れ合いの死に慌てふためく、というわけにはいかないのです。そんな者の言論は、底が割れたも同然ではありませんか。

僕は、いよいよもって、Mの死および僕自身の死を、まじまじと見つめなければならなくなっております。したがって、自分らの死に臨《のぞ》んでどんな言葉を吐くのか、ということについて無関心ではおれません。僕はヴェブレンの次のような遺書に、大略、同意します。Mも、趣旨としては、そう考えているようです。「私の願いは、死んだとき、もし簡単にできるのならば火葬にしてもらうことですが、どんな種類の儀礼も儀式もなしに、できるだけ手っとり早く安上がりにやっていただきたい。私の灰は海に、もしくは海に流れ込む少し大きな河にばらまいていただきたい。私にかんする思い出や私の名前のために、どんな名称やどんな性質のものであれ、墓石、墓板、碑銘、肖像、銘板、碑文あるいは記念碑を置くようなことは、何処《どこ》であれ何時《いつ》であれ、やめていただきたい。私の死亡記事、追悼、肖像写真あるいは伝記にも、そして私宛てのまたは私の書いた手紙も、印刷したり出版したりしないでもらいたいし、どんな方法にせよ複製したり複写したり回覧しないでいただきたい」。

ヴェブレンは（リースマン[4]によって）分裂症気味と診断された人物ですから、その遺書に格別の意味を見出そうというのではありません。作品もそれを書いた者の人格も、本来は後世《こうせい》に伝えるべく人生のなかで刻《きざ》まれたものでしょう。しかしこのように高度に発達した大衆社会では、そんな継承は、めざすべきものではあっても、実際には起こりえないとあらかじめ予想しておかなければなりません。そんな見極《みきわ》めもつかないようでは、取り残された身近の者たちに、辛《つら》い思いをさせます。彼らが、過剰に、残念を覚えるということです。ごく身近な者だけに自分が理解されればそれで十分である、と構えておくのが現代に生きる言論人の意気地《いきじ》、ということになってきます。

そのことを、十五年も前に、Ｍに話しておりました。ちょうどその折、自分の父親が残したわずかの遺産のことで、彼女は、相続放棄をする予定で、札幌に向かいました。戻ってきて、嬉しそうにこう言います。「たった一つ、前に亡くなった叔母から父に渡されていた、価格は零《ゼロ》の、不動産の権利書を相続してきた」と。それは、独身であった叔母が、いわゆる「原野《げんや》商法」に引っかかって買わされた、そこに辿《たど》り着く道とてない、百坪の山林でした。

なぜそんなものをと僕が問うと、彼女の返事は、「あなたは、自分の墓は絶対に作るな、骨は海にまいてくれ、と言う。しかし、私は海にあなたの骨を放りたくない。私は冷たい水が嫌いだ。そんなところにあなたが沈んでいく光景なんか、想像したくない。それで、その山林をあなたの墓と見立て、あなたの骨はそこにまくことにした。それに私たちの故郷は札幌なのだから、そうするのが自然なのよ。老木《ろうぼく》は土に帰っていくのがよいと私は思う」というものでした。

僕たちはまだその山林に行っておりません。彼女から、そこを見ておこうと何回も言われはしました。しかし、「僕が死んでから君がそこに行って、さっさと僕の骨をまいてくればいいだけのことじゃないか」とやり過ごしてきたのです。まさかその役割が僕に回ってくる可能性が高まるとは、予想だにしないことでした。

　僕は、葬式や法事の儀式を無意味だ、と言っているのではありません。ただ、それらの儀式の意味は、次のことにしか宿《やど》りません。そこに集まった人々が、死者のことを想起しながら、自分らの残された人生に資することがあるような思考なり会話なりをやるということです。そんなことが、今の「死の儀式」にあるのでしょうか。僕の想像するかぎり、そういう場面がMや僕の死に際《さい》して生じる、とはとても思われないのです。死の儀式は本人が死んでから行われるものではないか、本人が自分の葬式・法事について云々《うんぬん》しても詮《せん》ない話だ、というのは完全に間違っています。人には、幸か不幸か、自分の死後の事態を想像することができます。そして、その死後への予期が、自分の現在の生にたいして、その生への意味づけにたいして、影響を及ぼすのです。要するに、Mも僕も、自分の骨がその札幌・定山渓《じょうざんけい》の奥地にある山林にまかれると予想しているほうが、気分として楽なのです。

　ヴィトゲンシュタインの死(5)も印象的です。あれだけ（他人から見て）重い不幸の感覚を背負いつづけていたはずの半《なか》ば狂気の天才が、自分を看取《み》ってくれた知り合いの奥さんに、癌で死ぬ間際、「自分の人生は幸せであった、と皆さんに伝えてほしい」とだけ言い残しました。僕も、一人の凡人にすぎませんが、「皆さん、有り難う。僕の骨はあの山林にまいてほしい」と言うなり書くなりすることにします。またMの死を見送るのでしたら、「長いあいだ御苦労さん。僕もじきにあとを追うからな」と言ってやるに違いありません。

医者から「手遅れ」と言われ、その一年余後に十時間の手術となれば、Mが僕より先に身罷《みまか》るという事態がいずれ到来すると考える、それが確率的予想というものでしょう。酒と煙草は健康によい、「運動」とやらは病気の一種である、と勝手に決め込み、五十歳代までは週二回、六十歳代には週一回の朝帰りのペースに身をまかせ、原稿書きとなれば、一日十時間、台所や電話の音をむしろ伴奏曲と受けとりながら筆を執《と》りつづける僕、そういう人間が健康でおり、その対極の生活をしているMが大病となっているわけです。しかし、こうした対比は世間にしばしば見られる出来事と僕は知っております。それを理不尽《りふじん》と歎《なげ》くのは子供の所業《しょぎょう》と言ってよいでしょう。こうした状況に立ち至った老人の誰しもに起こるであろう事態が僕に生じていることについても、ことさらに表現したとて詮ないに相違ありません。つまり、重い寂《さび》しさの感覚が僕の胸にしんしんと降り積もりつづけるという心理描写を重ねることは僕にはできないのです。

オークショットが言ったように、「変化による利益と損失については、後者が確実に生じるものであるのにたいして、前者はその可能性があるにすぎない」と考えるのが保守思想の神髄《しんずい》です。しかも、「Mを喪《うしな》う」という変化は、僕にとって、もっと酷《ひど》いものとなります。損失が僕の許容限界を超えるのが確実である上に、利益が最大で零《ゼロ》となるに違いないのです。

その損失が許容限界を超えると僕が感じているのは、単に慣《な》れ親しんだものへの愛着が奪われる、ということだけではありません。実のところ、Mは、僕にとって、姿形の定かな読者・観客としては、「唯一」の者であったのです。僕が言語論的な「解釈学」の方向において、認識の基礎は伝統にありとする「保守思想」に立ちつつ、現代文明にたいして「大衆批判」を展開するなかで、「実存思想」の構えで、言論に取り組んでいることについても、彼女はいつのまにか、よく理解してくれているようです。

そういう僕の言論は、世間の御利益《ごりやく》にたいして、金銭であれ娯楽であれ、何一つ貢献できぬ類《たぐい》に属します。だから、僕の読者・観客は、どこかに少々いるらしいのですが、その実体をほとんど感じとれません。それでいっこうにかまわぬと構えてきたわけです。どこかの公立図書館で、僕の著書が五十冊ばかり、（いわゆる左翼の）図書館員によって勝手に廃棄されていると報道されたとき、僕は、「截断《せつだん》するなり焼却するなり、どうぞお好きなように」と応えました。それも、読者の姿が見えぬ、という僕の気分の然《しか》らむるところなのでした。しかし、Mという実体があってくれることを、僕は唯一の安心材料にしてきたのは確かなことでありました。神仏を信じられぬ身としては、安心立命の根拠をそんなところに見出すしか術《すべ》がなかったということなのでしょう。

結局、Ｍに先立たれたら、そんな「実体」を新たに手に入れるべく努めるような齢《とし》ではありませんので、僕は、たとえ自分に知力と体力が少々残っていたとしても、筆を手にすることは二度とあるまいと思います。というより、そう確信できるのです。もちろん、それには付帯的な事情もあります。

第一に、保守思想の見地からして重要と思われる論題については、根がせっかちなもので、もうすべて論じてしまったのです。

第二に、その思想の論理を彫琢《ちょうたく》するという仕事はたくさん残っているのですが、概略を把握《はあく》できれば、それ以上の関心を当該《とうがい》の論題について持つことはできないというのが僕の気質です。まだ、どう手の施《ほどこ》しようもないのが気質というものでもあります。

第三に、歴史上の事実やら社会的な出来事やらについて、事細《ことこま》かく調べ物をするという老人流のやり方がありますが、それは僕にはできません。そういうことについて（読むことはかろうじて可能でも）書くことができないのです。それには、たぶん、「事実《ファクト》」は（執筆者の）「工場《ファクトリー》」で作られる「流行《ファッション》」にすぎない、概略においてそういうことであろう、という僕の判断もあります。

第四に、自分の（文章のみならず生活の全般における）「文体《スタイル》」に飽《あ》きがきてしまったのです。文体に気配りするには、人間、社会そして自然についての畏怖《いふ》の念なり畏敬の念なりがなければなりません。そういう畏《おそ》れの感情を失くするのが精神の老人臭というやつなのだとわかってはいます。しかし、そういう段階に自分を引き下ろす絶大な引力がはたらいているらしく、自分は、文章能力において、もうじき駄目になるのだろうなあ、と揺《ゆ》るぎなく実感されるのです。


ただし、知力・体力にして衰えきっていないとしての話ですが、「教育」に（無効と承知しつつも）力を注いで、力尽きれば、ばたりと倒れる、という鰥《やもお》（妻を亡くした男）の最老年期というものがありえます。しかしそんな場は、少なくとも学校制度にあっては、僕には与えられておりません。長老が威厳を発揮すべき政治の場においてすら「世代交代」が社会正義になりおおせているのが今の風潮です。したがって、僕に教育の場が与えられないのはやむをえぬ仕儀《しぎ》と思うしかありますまい。

いや、僕は（東京を含めて全国に五カ所の）「塾」というものを持っています。そこで、なお暫《しば》し、教育めいた作業をつづけるということになるのかもしれません。『表現者』と

『北の発言』という雑誌でも、鰥になってからも少々の期間、若者たちの相手をするということになりそうです。しかし、僕にはわかっています、心の内面で火が消えてしまった鰥の老人の「啓蒙《エンライトゥンメント》」、それは若者の心に「光《ライト》」を投げかけることができないし、それどころか、逆に若者たちから内発してくる光を覆《おお》ってしまうものであることを。そんなことは断じてすまいという恥じらいの気持ちを捨てたら、これまで何のために生きてきたのか、わからなくなってしまいます。

然《しか》り而《しこう》して、僕という鰥候補の前に示されつつあるのは、（老人病死のことも含めて）自然死のみを目標にして、わずかの食事と睡眠をとりながら、「生きることそれ自体のために生きる」という、醜悪なる人生階段です。「人間の生命を延ばすために他の生命を食す」、そんなことが正当化されるためには、自分が「人間」であることを証明しなければなりません。つまり、自分の精神がまだ生きていることを公に示すことが必要です。その証明ができなくなっているのに、しかも若者を励ますことすらできなくなっているのに、なおも生きている、そんな醜悪を許してよいわけがありません。

僕の息子は、こうした男の気持ちを遠からず理解するでしょう。死に甲斐《がい》のある死の形態を見つけることが生き甲斐であるというメタファーを理解する、それが男の本性《ほんせい》と思われるからです。しかし娘のほうは、独身であり、また仲の良い父娘でありますので、僕が生き延びていることそれ自体から励ましを受けるであろう、とひとまず思われはするのです。だが、それは、可能としても、あくまでとりあえずの話です。僕が断末魔の苦しみをさらさないとしても、「生きることそれ自体」の振る舞いをしかできない老人の姿を目《ま》の当たりにするのは、娘においてとて、遅かれ早かれ、生きるための気勢を殺《そ》がれます。そういう酷《ひど》い目に遭っている娘たちのことを僕は何人も見たり聞いたりしています。

Mも、自分の母親が重症のリューマチのまま（ステロイド療法で）生き長らえていることに、言い知れぬ違和感を抱いておりました。その母親自身、「こんな体になってまだ生きているというのは、何ということでしょう」と僕に歎《なげ》いていたこともあります。人間の生は、他者に役立つような自己を公の場に現すということでなければ、すでに死んでいるのです。死んでしまった生、そんなものを見させられる立場に我が娘をおきたくない、と僕は切《せつ》に思います。だから、僕には、「自死の思想」を手放す気は少しもありません。

Mの死は、なぜ、かくも重いのでしょうか。大して変哲《へんてつ》のない男に大して非凡でもない女、それが我らの連れ合いということにすぎなかったはずなのに、と考え込まずにおれません。いや、そんなことは、少し考えれば、すぐに理解できます。我らの連れ合い感情の奥底には、「故郷意識」と「祖国感覚」と名づけるしかないものが横たわっているのですが、僕にあって、その感情のメタファーがMだ、ということになってしまっているのです。

つまり、故郷や祖国を多少とも実体化して想念しようとするとき、僕は、Mが僕の故郷・祖国であるという隠喩を、ほとんど無自覚で作り上げてきたようです。Mが唯一の読者であり観客であるというのも、Mの動作が、故郷からの反応であり祖国からの対応だと、僕が受けとっていたという意味なのでしょう。だから、Mの死は、僕の隠喩世界にとって、故郷の最終的な喪失であり、祖国の最終的な滅亡なのです。それすなわち、僕の言語能力の基盤が陥没《かんぼつ》するということです。

Mにとって、僕が先に死ぬということは、幸いにも、僕の場合ほどには深刻ではないと考えられます。彼女にあっても、僕が故郷であり祖国であるのかもしれません。実際、彼女は「自分が子供を産むとき、〝実家に戻って出産〟などというやり方は絶対にとりたくなかった。自分の選んだ男のそばで子供を産むことに決めていた」と今も言っております。しかし、その故郷・祖国の「在《あ》り方」が、僕の場合とは、異なるのです。彼女の言語能力の中心はメトニミーです。その換喩にあって、僕は、故郷・祖国を成り立たせている諸部分、諸事実の水平的な繋がりにおける、一個の要素にすぎないでしょう。その一個が彼女にとって代表的あるいは中心的な部分・事実として選ばれはしました。しかし、いくら中心であっても、それは彼女の故郷・祖国の像における、あくまで一つの要素にすぎないのです。それは彼女の言語世界の中心点が空洞化したということにすぎません。周辺にまだ故郷・祖国の痕跡《こんせき》がたくさん残っているということです。僕のほうにあっては、Mの像は、故郷・祖国の全体像を、垂直的な方向で隠喩したところに、浮かんできたものです。だから、その死は、故郷・祖国の全面的にして一挙的な崩落《ほうらく》といった感覚をもたらすでしょう。

女には「暮らし」の能力があり、男にはそれがないので、鰥の暮らしは辛《つら》い、などとよく言われます。メトニミカルに言えばその通りでしょう。しかしメタフォリカルには、もっと大きな違いが、老いた孀《やもめ》（夫を失くした女）と鰥のあいだにはある、と思われます。孀にとって、連れ合いの死は（あまりにも決定的な）世界そのものの消失なのです。言うまでもありませんが、これは情愛の問題というよりも、情愛の在り方を左右している、「メトニミカル」と「メタフォリカル」という、言語構造の差異ということであります。

このように、Mと僕のあいだに生起していた様々なエピソードを思い起こしたり、それらを種々に解釈したりしてきました。それを（体調を少々取り戻した折の）Mに聞かせてきました。彼女は、いくつかの細かな部分で修正を要求し、その要求はおおむね妥当でしたので、その通りに直しました。Mと僕は、このようなやり方でしか、互いの死を迎えられないのです。それは、相手のものにせよ自分のものにせよ、死の恐怖を克服するための努力にすぎないと言われれば、その通りと言ってもかまいません。しかし、より正確には、問題は「死の恐怖」ではなく、「無意味な死」なのです。死を意味づけようとする努力はかならずしも儚《はかな》いものではないのです。ホモ・ロクエンス（「喋《しゃべ》るものとしての人間」）は、みずからの喋りについてのホモ・ヘルメネウティコス（「解釈するものとしての人間」）でもあります。「人間らしく死ぬ」とは、まずもって、その近づいてくる死を能力のかぎり解釈し尽くして死ぬ、ということ以外ではありえないでしょう。

昔は、「制度」が歴史の流れのなかでのそうした解釈の数々を、蓄積し保存してくれていました。そのおかげで、個々の人間はそうした解釈の努力を迫られずにすんできたのです。今はそういきません。制度は、それが何であったかを想起し思考する精神の制度も含めて、あらかた、破壊されてしまったのです。そうした精神の砂漠と化した世界に、大量の貨幣と巨大な技術が、そして絶大な権力と強固な軍隊が行進しています。それに喝采《かっさい》を叫ぶべく、厖大《ぼうだい》な情報をさらされつつ底知れぬ無知に落ち込んだ専門人とそれに追随する大衆とが、「遠方《テレ》」からやってくる「映像《ヴィジョン》」の前に群がっています。

　そんな世界破壊のむごたらしい背景のなか、ひっそりと死んでいくであろうMにたいし、僕は、「可哀想《かわいそう》に」とまず涙を流し、次に「御苦労様でした」と声をかけてやるのでしょうか。そのあとで、時期と手段を見はかりつつ、僕は、自死を行い、その死体のそばには、遺書はないということになるのでしょうか。また、死ぬずっと前に、僕に親切にしてくれた少数の人々には「有り難いことでした。自死の必要については、これ以上、何も説明すべきことが残っていません。僕のことを偲《しの》ぶ、などという下手《へた》な芝居は催《もよお》さないでいただきたい」と言い残し、それゆえ遺言もないのでしょうか。そうなるはずです。しかし、僕がどう死ぬかなんていうことは、この齢《とし》になれば、自分にとってもどうでもよいことと思われます。死にたいように死にますので、皆様、よろしく、と言っておけばよいのです。僕にとって、「問題としての死」になっているのはMのそれにほかなりません。

　とまで筆を走らせて、Mを見遣《みや》ります。今、彼女は揺り椅子をかすかに揺らし、白っぽい顔をわずかに仰向《あおむ》けにする姿勢で、目をつむり、ブルックナー(6)の交響曲第八番を聴いています。一昨日も昨日も、夕刻は、ブルックナーの第八番でした。この三日間ずっと、春の盛りだというのに、雨模様です。雨に濡れたような沈んだ気分でブルックナーを聴かされていると、音楽に疎《うと》い僕にも、それが「厳格な幻想」の曲であるとわかります。「実直な秘儀」とよんでもよいのでしょう。そうした音楽における撞着法《オキシモーロン》の果てまでブルックナーがどのように歩んでいったのか。十九世紀末ウィーンにおける彼の孤独な歩行は、故郷である教会と祖国であるカソリシズムに支えられてのことであったのだろう、と思われてきます。

そういえばMが、イタリア・シエナで、シモーネ・マルティーニ(7)の『荘厳《そうごん》の聖母』の前に立ちすくみ、身じろぎもしないでいた、ということを思い出します。この十四世紀初めの画家も、「ゴシックの厳密な構成のなかで精神内部の神秘を探る」という形で、撞着法を生きたのでしょう。六百年の隔《へだ》たりを超えて、また絵画と音楽の壁を通り抜けて、マルティーニとブルックナーは手を結んでいるのです。そして彼らが自己矛盾を引き受けざるをえなかったについては、前者が中世の終わりの、そして後者が十九世紀末の「神々の黄昏《たそがれ》」という限界状態に直面していたことが強く関係していたのでしょう。

Mも、時代の爛熟《らんじゅく》さらには腐敗のなかで、そのように「自家撞着《じかどうちゃく》における平衡」をめざして生きそして死ぬのが希望であったのか、と思わずにおれません。自分の連れ合いたる僕の生死も、そうした自分の希望から大きく外《はず》れてはいなかった、と納得してくれていたらよいのだが、と僕はいささか切実に願います。そして夢想はさらに広がり、Mの生がブルックナーの曲に吸い込まれ、マルティーニの絵に溶《と》け込んでいく様子《ようす》を思い浮かべるということになりました。

しかし、それにしても、僕がMの人生にたいしてやってやれたことはあまりにも少なすぎました。学問だ思想だ、解釈だ実践だと大騒ぎした挙《あ》げ句に、Mを励ます言葉の一つもないというのでは、自分の人生は不毛な荒野を彷徨《さまよ》っていたのだろうか、と粛然《しゅくぜん》さらには悄然《しょうぜん》たる気持ちにならざるをえません。そして、一時間十五分のブルックナーの曲がようやく終わりました。Mはまだ目を閉じたままでいます。その静寂《せいじゃく》のなかで、「Mよ、お願いだから、残り少ない人生の時間をできるだけ安らかに生きてくれ。残される俺《おれ》のことなんか心配しないでほしい」と、この無信心者の僕が是も非もなく祈っています。そして、そうしたとて詮ないことと、祈りを追い払うようにして窓の外に眼をやれば、雨はもう上がり、すでに夕闇が訪れ、大気が朧《おぼろ》にけぶるなか、月も出ておりました。

そのとき、僕の耳の奥で、あたかも（死すべき時を告げる）「時の鐘」が鳴るようにして、ある童謡が響いてきます。ブルックナーのあとでは滑稽のきわみと知りつつも、「時の鐘」ならば致し方ないといった気分で、僕は（「月の砂漠(8)」の末尾の部分を）口遊《くちずさ》みました。

「朧にけぶる月の夜《よ》を、対《つい》の駱駝《らくだ》はとぼとぼと、砂丘を越えて行きました。黙って越えて行きました」。Mが言います、「その砂丘というのは死のことで、だから、その浪漫《ろうまん》は、死出の旅路を歌ったものよ。昔の童謡には恐いところがあるわね」。「行く」は「逝《ゆ》く」であるというその説に間違いはない、と僕もつくづく思います。昔の子供たちは、童謡を通じてすら、死の感覚を学んでいたのです。昔の大人たちは生の感覚と死の感覚が表裏一体であることを子孫に伝えるべく、言葉を紡《つむ》ぎ音楽を奏《かな》でていたのです。その知恵を、Mと僕は死の間際《まぎわ》において学んでいるということなのでしょう。

（1）トーマス・エリオット――一八八八～一九六五。イギリスの詩人・批評家。アメリカ生まれ。イギリスに帰化。詩『荒地《あれち》』で現代人の絶望を古代神話に託して描いて現代詩の革新を推進し、評論『伝統と個人の才能』で、「詩は個人の表現ではなくて、それからの逃避である」という伝統主義的な文学・文明観を表明した。『アフター・ストレンジ・ゴッズ』（邦訳『異神を追いて』）は一九一九年の『伝統と個人の才能』の発表から十数年たって行った講演である。

（2）ゴーリスト――ドゴール主義者。「ゴーリズム」とは、フランスの元大統領ド・ゴール（一八九〇～一九七〇）の政治思想とその影響下にあるイデオロギーのことをいい、愛国主義的傾向が強い。

（3）「水平化の鎌」――キルケゴールは現代を「水平化の時代」とよび、水平化とは、個人の意味を押しつぶして、個人個人を万人へと均《なら》すことだと言う。キルケゴールは『現代の批判』のなかで、「見よ、水平化の鋭い鎌が、すべての人々を、ひとりひとり別々に刃《やいば》にかけて殺してゆく」と述べている。キルケゴールについては第Ⅳ章注釈7を参照。

（4）リースマン――一九〇九～二〇〇二。アメリカの社会学者。多彩な方法によって大衆社会や豊かな社会の現実を鋭く分析し、現代文明を批判した。主著『孤独な群衆』『個人主義の再検討』など。

（5）ヴィトゲンシュタインの死――ヴィトゲンシュタイン（一八八九～一九五一）はイギリスの哲学者。オーストリア生まれ。論理実証主義・分析哲学の形成に関わる。主著『論理哲学論考』『哲学探求』など。彼は一九四九年十一月、前立腺癌が判明、十二月、自宅に保管していたノート類を焼却させる。五一年一月、遺言書を作成、遺言執行人と遺稿管理人を指名。二月、病状悪化。四月二十七日午後、散歩の後に発作を起こし、翌日に意識を失い、二十九日朝に永眠した。

（6）ブルックナー――一八二四～九六。オーストリアの作曲家・オルガン奏者。初めオルガンを学び、学校の教師や教会オルガニストを務めながら、宗教音楽を作曲した。後期ロマン派最大の交響曲作家の一人で、重厚な作風の、十の交響曲、ミサ曲『テーデウム』、オルガン曲などを遺した。交響曲第八番は、壮大で崇高な外観、密度の濃い内容をともなって、稀有の高みに到達した、ブルックナーの最高傑作。第一楽章アレグロ・モデラートの第三主題の終末部は、その悲劇的高まりゆえ、ブルックナー自身、「死の予告」とよんだ。

（7）シモーネ・マルティーニ――一二八四頃～一三四四。イタリア、シエナ派の画家。幻想的雰囲気や甘い情緒の漂う曲線や色彩による画風を確立した。のちアビニヨン画派（国際ゴシック様式）を確立。主代表作は『荘厳の聖母』『受胎告知』など。「荘厳の聖母」はイタリア語で「マイェスタ」といい、主としてイタリアで行われたキリスト教美術の主題のこと。玉座に坐する聖母子を中心に、これを拝する天使・聖人らを配した大構図をいうが、狭義には、シエナやトスカーナを初めとする地方の都市が、聖母を都市の守護神として勧請《かんじょう》したときにはじまった図像をいい、玉座の聖母子の周囲にその都市にゆかりのある聖人・殉教者・天使などを配する。

（8）「月の砂漠」——作詞・加藤まさを、作曲・佐々木すぐる。加藤の詩は『少女倶楽部』大正十二年三月号に発表された。全容は以下の通り。1「月の砂漠をはるばると　旅の駱駝がゆきました／金と銀の鞍《くら》置いて　二つならんでゆきました」2「金の鞍には銀の甕《かめ》　銀の鞍には金の甕／二つの甕はそれぞれに　紐《ひも》で結んでありました」3「さきの鞍には王子様　あとの鞍にはお姫様／乗った二人はおそろいの　白い上着を着てました」4「曠《ひろ》い砂漠をひとすじに　二人はどこへゆくのでしょう／朧にけぶる月の夜を　対の駱駝はとぼとぼと／砂丘を越えて行きました　黙って越えて行きました」。なお、原作では、「砂漠」「砂丘」は、それぞれ「沙漠」「沙丘」であった。

おわりに——生の誘拐が死を救済する

僕の身体はまだ死病にとりつかれておりませんし、僕の精神が死を賭《と》す冒険に入っているというわけでは、もちろんありません。六十歳から六十三歳にかけて、自分の内臓の諸器官が全面的な崩壊にさしかかったことはあります。しかしそのときは、自分の心身が奥深いところでおのれの生存はまだつづくと予期していたのでしょう、元気溌剌《はつらつ》でした。病状が治まってのち、薬の処方や体調の矯正《きょうせい》をしてくれていたかかりつけの漢方医から、「実は危なかった。死の淵《ふち》まで来ていたんですよ」と言われても、本当と感じられず、「そうでしたか」と他人事のように聞いていたのでした。

身体次元で死と顔つき合せているのは、本文で縷々《るる》述べたように、僕の連《つ》れ合《あ》いです。彼女とは十六歳のときに札幌の高校で知り合い、途中に三年余のブランクはあるものの、二十五歳で結婚してから四十四年という長い期間、一緒に生活してきました。その連れ合いが、今から一年半ほど前に、重症の大腸癌に冒《おか》されていると判明したのです。そのときは「死の危険」を何とか潜《くぐ》り抜けることができました。しかし既患部の周辺に癌が転移して、一年後に、十時間の大手術を受けることとなったのです。担当医から、「その周辺にまた転移ということになったら、癌摘出の手術はもう不可能である」と宣告されてもいます。

今のところ、彼女は食餌《しょくじ》療法と漢方治療で免疫強化に励みつつ、生き長らえる努力をしております。しかし死相が彼女の表情から消え失せることは少ない、という毎日がつづいているのです。それは引っ込むことがたまにあるとはいえ、とくに彼女の眼光が弱まるといった形で、しつこく立ち現れてきます。そんなふうにすっかり弱々しくなった彼女を少しでも助けるべく、僕は家事や治療に協力してはいます。皿洗いや買物や灸《きゅう》や指圧にも楽しみがなくはないと、毎日、実感してもいるのです。

しかし、彼女の身体の深部を苛《さいな》んでいるに違いない苦痛を緩《やわ》らげてやるには、また彼女の心理の根底に穴を穿《うが》ちはじめていること必定《ひつじょう》の不安を軽くしてやるには、実際どうすればよいのか、途方に暮れることが多いのです。いざというこのときに、かくも無能ならば、僕の思想とやらには一文の値打ちもあるまい、とすら思われてきます。中江藤樹《とうじゅ》(1)は、「学問とは母親の面倒《めんどう》を看《み》ることだ」と言いました。それに小林秀雄(2)が同意の意を示してもいました。そうした知行合一《ちこうごういつ》(3)の視点から見ると、妻の面倒も看られないというのでは、僕の行ってきた言論は無意味もいいところだ、と言わねばなりますまい。危機感を濃《こ》く漂《ただよ》わしているのは、連れ合いの死相ではなく、自分の思想のほうだ、ということなのかもしれないのです。

僕は、公言するのは初めてなのですが、チャールズ・パース(4)の実践主義《プラグマティズム》(5)の徒として言論にたずさわってきました。パースに帰依《きえ》したというようなことではなくて、自分のやり方がパースの線に沿《そ》っていると、いくたびも確認できたということです。彼は、人間の行為《プラグマ》はなべて仮説形成《アブダクション》における記号的仕組《しくみ》に支えられている、と主張しております。まとめて言えば、次のようなことです。あと五、六段落《だんらく》ほど、少々厄介《やっかい》な議論をさせていただきますが、男女関係論にも科学認識論が必要だ、ということに面白味を感じてもらえれば、と期待いたします。

第一に、行為はすべて(彼が主として扱った科学的認識のことも含めて)価値に率いられ、規範に枠《わく》づけられます。第二に、行為を可能にするのが人間の記号化能力であり、その能力の発揮は、言葉という記号にあっては、価値・規範による秩序化がなければ不可能です。第三に、人間の行為とは、記号・言葉の(価値・規範にもとづく)仕組をたえず形成し、そうすることによってみずからの行為を説明し、そしてその説明を解釈していくことにほかなりません。第四に、それにたいして仮説形成とは、人間の、とりわけ自分自身の（行為の連続としての）「生《ライフ》」を直視し、そしてその生の意味をできるだけ一般的、普遍的そして抽象的に考察していきます。第五に、その発見において、自分の意識の枠組《わくぐみ》が、自分を超えた何者かによってあたかも誘拐《アブダクト》されるかのように、（特殊な事例にもこれまで以上に広く適用されうる）一般性へ、（個別の経験にもこれまで以上にうまく対応しうる）普遍性へ、そして（具体的な状況をもこれまで以上に深く貫徹する）抽象性へといわば飛躍していきます。

パースのやったこととは、認識の大前提（公理《アキシオム》、公準《ポスチュレート》および基礎的仮定《ベーシック・アサンプション》）を、通常の科学主義《サイエンティズム》の演繹法《ディダクション》のように直観にゆだねるのではなく、既存《きそん》の大前提となっていた古き認識枠組が人間のアクチュアル（現存的）な行為のなかでいかに改変されていくか、それを明らかにすることでした。思えば、ハイポサシス（仮説）とは「基礎的《ハイポ》」な「見方《シーシス》」のことなのですから、認識の大本《おおもと》を問うのでなければ仮説とは言えないのです。言い換えればそれは、（特殊な事例から一般的な命題を導こうとする、首尾一貫《しゅびいっかん》しえぬ）通常の帰納法《インダクション》のなかに、いわば「価値記号」の発達論という形での（首尾一貫しうる）演繹《えんえき》を持ち込んだということでしょう。だからこそそれは、演繹法および帰納法と区別されて、形成法《アブダクション》とよばれるのです。重要なのは、仮説形成において「進化」が起こるのは、人間の認識が常に「可謬性《フォリビリティ》」を免《まぬが》れえないからだ、とパースが考えていた点です。ここにおいて、人間の認識能力の「完成可能性《パーフェクティビリティ》」を想定していた啓蒙主義と彼は訣別《けつべつ》したのでした。

パースはそうした自分の（仮説形成論としての）実践（＝行為）主義に、ウィリアム・ジェームズ[6]における（意識の主観的な描写に傾《かたむ》きがちの）心理主義への傾向やジョン・デューイ[7]の（民衆意識の民主主義的な教育に偏《かたよ》りがちの）政治主義への偏向を持ったプラグマティズムと区別するために、プラグマティシズムという名称を与えるに至りました。彼は、自分の認識論が誤解されたままであることへの不満を、「誰にも、〝誘拐《アブダクト》〟される虞《おそ》れのない醜い名前」としてのプラグマティ「シ」ズムで、表そうとしたわけです。

たしかに僕の名前も、不肖《ふしょう》といえども、その書いたり喋《しゃべ》ったりしてきたことは、とことん、価値・規範をめぐる記号・言語の仕組を形成し、修正し、新設する企《くわだ》てなのでした。社会の状況や自分の人生にかんする（ジャーナリズム向けの）雑駁《ざっぱく》な文章や講演にあってすら、それらの下敷《したじ》きとして、（パースのものに似た）僕なりの仮説形成の構《かま》えがあったのです。たとえば、社会論において「大衆批判」を語るときも、政治論にかかわって「保守思想」を書くときも、人生論をめぐって「実存思想」を述べるときも、パース流とよんで差つかえない「記号・言語学」が僕にはありました。

ほかの言い方をすると、陽明学における知行合一の生き方に認識発達論を持ち込もう、それが僕の生き方だったということです。僕の生きたすべての時間は、当たり前のことですが、知識と感情と意思（知情意）によって、色分けされたり混色されたりしておりました。その自分の生の行程は、仮説形成にもとづいて仮説演繹を始め、その演繹によって導かれた命題について仮説検証を行い、そしてその検証において反証が上がるたびに仮説形成にふたたび取り組む、という過程だったのです。「仮説」と言えばいかにも小難《こむずか》しそうですが、日常の会話にしてすらが、解釈してみれば、知情意の全域に及んで、仮説の形成・演繹・検（反）証という論理的過程を（ほとんど無自覚にではありますが）辿《たど》っているのです。そのことは疑いようがありません。

だから、僕の人生は、知情意の論理化を、日常と非日常の両次元にわたる形で、やっていたということにすぎないのです。僕と付き合ってくれた人々は、社交の場で論争が生じて僕が声を荒げる折に、「感情的に怒っているんじゃないのだ。論理的に怒っているのだ」と言っているのをよく聞かされるという破目《はめ》になっていたはずです。それは、相手の（仮説としての）発言が聞くからに謬見《ファラシー》であるのに、なぜその仮説を棄却《ききゃく》しないのか、なぜ新たな仮説を形成しようとしないのか、という抗議だったのです。自分の意識が形成され棄却され再形成されていく、その過程における信念と疑念の循環こそが、そして自分の発言の安住と誘拐のあいだにおける往復こそが、人間の「生きる」姿なのだと僕には思われます。

僕の行為（＝生）にあって、妻における「死への接近」を目の当《ま》たりにするという経験は、僕の意識をどこへ誘拐していくのでしょう。それについて何の見通しもつかないというのなら、僕の思想は、フォリブルな、つまり「間違いを犯しうる」ものだと認めなければなりません。いや、フォリビリティは認識の常であって、だからこそ仮説形成としての行為が果てしなくつづくわけです。しかし、間違いだらけの認識だというのでは、僕の意識は苦痛や不安に苛《さいな》まれます。そうとわかれば、妻における「死の問題」を直視するしかない、また、それを直視している自分を凝視《ぎょうし》するほかあるまい、と心に決めざるをえなかったのです。

実は、連れ合いなり僕自身なりの死のことは、論じられて当然なのに論じられることのあまりに少ない生の諸課題のうちの、ほんの一例にすぎません。僕のものを含め大方の言論にあって、異性のこと、金銭のこと、名誉心のこと、嫉妬心のこと、社交のこと、義理・人情のこと、信心のこと、怠惰癖《たいだへき》のこと、虚無心のことなどは、さりげなく脇に追いやられてきました。ところが言論の舞台裏では、人々の振る舞いの動機を探る旅と称して、そうした人間の生の中心部において生起してやむことのない出来事について、ひそやかに噂話《うわさばなし》を交《かわ》しているのです。それが言論の実態ときています。

むろん、私心を圧《お》し殺して公心を表現するのが言論だ、という建て前があることは認めなければなりますまい。自分の私心を暴露したり他人の私心を探索したりする、というのは愚行であり醜態です。当《あ》て処《ど》なく揺れ動くのが私心というものだからです。あまりに不安定な発言は仮説の名に値《あたい》しないと見るべきでしょう。したがって私心にこだわっていると、言論のインテグリティ（物事を総合的《インテグラル》に一貫《インテグラル》してとらえる態度としての誠実さ《インテグリティ》）が保てなくなります。公心を披瀝《ひれき》するのが言論の本道だと言って差つかえないでしょう。言葉は、僕の場合、自分の人格を象《かたど》ったり表したりするためのもの、ということ以上でも以下でもないということです。

しかし、「死の問題」に見本を見るごとく、自分の意識が臨界《クリティカル》の線に達して危機《クライシス》の様相を示しはじめるときがあります。その見本が私心と公心の折り合いがつかなくなる場合です。そんなとき、人間はおのれがそれまで暢気《のんき》に展開してきた公心それ自体を批評《クリティーク》にさらすのやむなきに至ります。そうするのを務《つと》めとしているのが批評家《クリティック》ということでもあるでしょう。したがって「危機としての生」を渡りきるという意味で納得のゆく死に方を選ぼうとするなら、危機とは「公心と私心」の葛藤《かっとう》が極点に近づいていると意識することだ、と見定めておかなければならないのです。私心を描写したり解釈したりすることもまた公心のはたらきなのです。そうなのだとみなし、羞恥《しゅうち》心という人間精神の立派な営みにすら何ほどか自裁《じさい》を強《し》いてみなければならなくなります。

そうしなければ、「危機における綱渡り」の平衡術としての（伝統のうちに貯えられているはずの）モーラル（道徳）は、（家族や親戚や友人といった）集団のモーレイズ（習俗）や（自分自身という）個人のモラール（士気）のことも含めて、保持されえません。それが保持されないのなら、「良く生きる」ことも「良く死ぬ」ことも叶《かな》わぬという深いニヒリズムの沼に、人間の意識は沈んでゆくでしょう。「現代における不気味な訪問者」[8]（ニーチェ）たる虚無心に結局のところ道を譲《ゆず》る言論など、閑人《ひまじん》の戯言《たわごと》だったのかと嘲《あざ》られて当然です。

そんな気分でいるものですから、妻がまだ存命中に、僕が自分ら二人の関係をどう解釈しているか、そしてその解釈を通じて自分らにおける現在の関係意識をどう脱《ぬ》け出し、さらにその上位にあるはずの意識次元にいかほど昇っていけるかについて、僕の見方を彼女に示しておきたいのです。妻が亡くなってからの「妻恋うるの文」のようなものはいろいろあるようです。しかし、少なくとも僕の場合、そういう種類の話や詩は、僕の自意識のなかに回収されてしまう虞《おそ》れが小さくありません。自己満足のために書かれた思い出の記、そんなものを僕は残したくはないのです。自分らの夫婦関係にかんする文章に自分の連れ合いがどう反応したか、いかに反応すると予想されるか、それをも取り込んだ上での文章のほうを僕は選びます。

というのも、言葉は自分のものではないと考えられるからです。自分なる者は、言葉という歴史的な大河《たいが》で泳いだり、言葉という社会的な広場で遊んだりしている存在にすぎません。せめて連れ合いの反応を取り込むのでなければ、その大河や広場の何たるかが見えてきません。そう考えるのが、ヘルメス（旅の神）におのれを擬《ぎ》そうとするヘルメノイテイーク（解釈学）の本道のはずです。

そんな思いもあって、本書では、一人称に「僕」という言葉をつかわせてもらいました。本書の冒頭で、夫婦の「関係」への僕《しもべ》ということを言いましたが、本当は、その関係のさらに上位にある、「何者か」への僕《しもべ》ということだったのです。僕が妻の僕《しもべ》ということではもちろんありません。どだい、「妻」という字の象徴は、「髪を整《ととの》えて跪《ひざまず》いている女」ということですが、Mが僕の前に跪くはずも、僕が相手のそんな振る舞いを受け入れるはずも、ありません。要するに、女も男も、何者かの僕《しもべ》だ、と僕は思います。

その何者かというのは、一体全体、どんな代物《しろもの》なのでしょう。僕は何事にも信心できた体験がないので、その「何者」かについて明言することができません。ひとまず、それに「運命」の名を与えておくのが、僕にできることの精一杯です。その運命からの逃れ難さについて、またその運命をいとおしむことの必然について、「妻と僕」を素材にしつつ、一個のアレゴリー（寓話《ぐうわ》・寓喩《ぐうゆ》）を紡《つむ》いでみたかったのです。というより、そうするのがMへの礼儀であると思われてなりませんでした。

寓話《アレゴリー》とは、主として価値・規範にまつわる事柄をめぐって、「抽象的な観念の在《あ》り処《か》を示すために、具体的な事例を、比喩《ひゆ》として用いること」をさします。

本書で述べてみたのは、「死」のことをはじめとする、とくに社会思想の方面で文章を書く人々が通常は触れることの少ない論題についてでありました。それらについての僕の思想を、自分の死にかかわらせて、寓話を語る調子で、書き連ねるという作業に着手してみたのです。そのために、自分らのさして変哲のない生活遍歴を、素材として提供してみたということであります。そして結局、この寓話は「実話としての御伽話《おとぎばなし》」にならざるをえなかったのです。

妻も僕も、自分らの生死がそうした類《たぐい》の御伽話の材料のなかに溶《と》け込むことができれば本望であります。なぜといって、その種の御伽話こそが、自己の死における「死の意識」

を人間についての上位の認識へと誘拐《アブダクト》してくれるはずだからです。

編集者の小山晃一氏から僕の受けた執筆依頼は、「人間の生き方について、リアリティのあるものを書いてくれ」というものでした。しかし、僕の現在における現実のどまんなかに、妻における「死への接近」という事実があります。それで「妻と僕」ということでよいかと尋ねましたら、小山氏は快諾してくれました。振り返れば、評論家という者になってからちょうど二十年間、小山氏はいつも私のそばにいて、常に私を励ましてくれました。今回も丹念に用語や人物の解説を書いて下さいました。心から感謝致します。お互いに「残された時間が少ない」年頃です。御健勝であられますようにという型通りの挨拶に、普段のものならぬ真情を込めさせていただきます。

平成二十年六月

西部《にしべ》　邁《すすむ》

（1）中江藤樹――一六〇八（慶長十三）～四八（慶安元）。江戸初期の儒者。わが国の陽明学派の祖。主著『翁問答《おきなもんどう》』『鑑草《かがみぐさ》』など。「陽明学」については第Ⅳ章の注釈4を参照。

（2）小林秀雄――一九〇二（明治三十五）～八三（昭和五十八）。文芸評論家。近代批評を開拓し、批評を独立した文芸ジャンルとし、後代の文学に大きな影響を与えた。代表作『無常といふ事』『本居宣長』など。中江藤樹は伊予《いよ》の国（現・愛媛県）大洲《おおす》藩の加藤家に仕えていたが、寛永十一（一六三四）年、脱藩して故郷の近江《おうみ》（現・滋賀県）に帰った。小林秀雄はこのことをふまえ、エッセイ「ヒューマニズム」で以下のように述べている。「藤樹の学問は、脱藩者の学問であった。母親を養いたいという願いが容《い》れられず、母親の村に脱走し、近江聖人と言われるようになった。これは、一般に誤解されているように、（略）孝行美談ではない、と思う。言わば学問美談と考えなければ、どうしても解らなくなるものが、其処《そこ》に見える。（略）恐らく、脱藩の真の動機は、伝達不可能という理由で、秘められていたに相違ない。彼は、永年の思索の結果、自分の学問の体系は、「孝」の原理に極まる事を思っていた。脱藩が、その実行によ自証であるについては、傍人《ぼうじん》に通じようもないままに、ひそかに期するところがあっただろう」。

（3）知行合一――知識と行動とは一体のもので、どちらが先立つとは言えない、とする王陽明の説。

（4）チャールズ・パース――第Ⅱ章の注釈9を参照。

（5）プラグマティズム（実践主義）――知識や観念の問題を行動との連関においてとらえ、その有効性を行動の面から規定する哲学的立場で、十九世紀末から主としてアメリカで形成された。パース、ジェームズ、デューイが代表者。「実用主義」ともいう。

（6）ウィリアム・ジェームズ――一八四二～一九一〇。アメリカの心理学者・哲学者。機能心理学を提唱。

またパースらとプラグマティズムを創始する。主著『宗教的経験の諸相』『プラグマティズム』など。

（7）ジョン・デューイ――一八五九～一九五二。アメリカの哲学者・教育学者。実験主義の立場からプラグマティズムの理論を集大成した。教育学では生産活動を基礎とする労作学校を主張、実施する。主著『民主主義と教育』など。

（8）不気味な訪問者――著者は、『虚無の構造』（飛鳥新社／一九九九）のなかで、ニヒリズムについて次のように述べている。「ニヒリズムは単なる訪問者ではなかったのであろう。またそれは、どれか特定の現代、たとえばニーチェが目《ま》の当たりにした前世紀（引用者注・十九世紀）後半の現代にのみ特有のものでもなかった。絶えず延びていく時間の線分の最先端に自分は生きているのだと意識してしまう生き物の生に、つまり人間の生に、強かれ弱かれ取り憑《つ》いて離れない心的現象、それがニヒリズムというものであるにちがいない」。ニーチェについては第Ⅰ章の注釈5を参照。

特別寄稿
父と母の風景

西部智子《にしべさとこ》

本書『妻と僕』は、二〇一四（平成二十六）年三月、母が亡くなる少し前に、自分の柩に入れて欲しいと言っていたものでした。母が「私のものだから」と言っていたのをとても印象深く覚えています。

父と母は同郷出身の同窓生であり、知り合ってから六十年近く、結婚してからはおよそ半世紀一緒にいたということになります。父は、北海道に故郷《ふるさと》を感じることはなく、自分にとっての故郷は「妻」であると感じていたようです。

私は、二〇一八（平成三十）年一月に父が自裁してしばらくの間、折にふれ母が遺したアルバムを引っぱり出しては、現実から逃れるかのように見入っていました。これまでに一度も目にしたことがない写真を含め膨大な量となっており、二人の過ごしてきた歴史を感じさせられます。父が東大を辞め、評論家活動を始めてからとして、およそ三、四十年分の写真です。日本各地への講演活動のおり、母は度々小旅行を兼ねて同行していました。その頃の写真はどれも楽しそうに二人が写っています。

父は六十歳代前半に、長年の不摂生が祟り全身アトピー状の皮膚炎に悩まされ、朝起きるとシーツが血だらけになるという状態が続いていました。母の献身的に父の世話をする姿には、今思い出しても頭が下がります。その頃から、父は長時間飛行機に乗るのを嫌がり、もちろん煙草は吸えない状況ですので、海外への旅行はなおさらに嫌がりました。ならばと、試しに母を旅行に誘ってみても「お父さんがいないなら、つまらないから嫌」と断られたのも、まるで昨日のことのように思い出します。

母が癌の闘病中に大腿骨を骨折し、車椅子生活を余儀なくしてから亡くなるまでの五ヶ月の間は、父の献身的に介護する姿勢には並々ならぬものがありました。その頃の私は、新宿の事務所へ実家から通っておりましたが、仕事を終える頃には、決まって母から電話が入ります。「智子、今どこ？　お父さんがおかゆの準備や、温湿布（身体中に走る痛みを暖めると和らぐ気がするらしい）の準備に大変よ」。帰りが遅くなれば、「智子、お父さんとお母さんが心配しています」といった具合に「帰れコール」が入ります。慣れない介護を一所懸命やろうとしている父の姿は忘れることができません。

ある時母は私の弟に「お父さんの面倒を看ようと思っていたのに、それができなくなるのが残念だ。しかし、それ以外には私は十分に生きた」（76頁）と言っていたようですが、父のそんな姿勢が、母にとっては心残りのない心境になれた一因なのかもしれません。

母亡き後に出版された『生と死、その非凡なる平凡』『ファシスタたらんとした者』にも母の最後については書かれていますが、この一文を青志社の阿蘇品蔵氏から依頼を受けたことを切っ掛けに思い出したことがあります。「妻の血圧が四〇を切って実質として死体となってしまっていたウムヴェルトでの四十分間、この老人は病院のベッドに横たわっているその（実質上の）死体を抱きつづけ、『有り難う、ありがとう、アリガトウ』と呟きつつ、自分自身もまた棺桶に入っていきつつあるのだということを自覚しないではおれなかった」（『ファシスタたらんとした者』）。

その時の私は、携わる「表現者」の校了が迫っていたということもあり、病室内に家族といることができず、病院の廊下で校正をしたり、仮眠をとったりしていました。

父の自裁に際しては、田園調布の川岸で、弟が父を水中に見つけたときでも、「お姉ちゃんは見るな」と言われたということもありますが、すぐに駆け寄ってあげることができませんでした。

そう言えば、二〇〇一年九月に父の妹が亡くなった通夜の晩、葬式に備えて少しでも休んでおかなければと寝床の準備をしていると「アメリカ同時多発テロ」の映像が飛び込んできました。その光景を凝視できずにいた私に、母は「智子は怖いものはみられないのね」と言っていました。つまり、私はいつも無意識に「怖いもの」から目を背けていたのです。故に考え抜くこともできずに今もこうしているのかと思い知らされるのです。

父は、母が癌を患ってから、おそらくは母のために『中江兆民』や『どんな左翼にもいささかも同意できない18の理由』などを執筆しました。母が亡くなって以降は、長年の手書き作業と運動不足から頸椎を傷め、神経通をおしてでも書き続けていました。

その時の私も、父が「近づいてくる死を能力のかぎり解釈し尽くして死ぬ」といった気分に囚われていたことを、気付いていながらも見て見ぬ振りをしていました。父の仕事に対する適切な感想を母のようには伝えることもできない四年間だったと気付かされもします。

母は、父は二回変貌したと言っていました。高校生の頃の「どもり」でどこか宇宙人のようだった人が結婚後はお喋りになり、アルバイトにもせっせと通い（結婚当初、父の精神の貧相さを見てとり「私、貧乏は嫌いなの」と言ってのけていたそうだが）、その後、長女（私）が産まれたときにまた人が変わってしまったということだそうです。母は特段、子供が好きだったわけではなく、育児ノイローゼを患っていたそうですが、父の私への可愛がりようを見て驚き、こういう風に子供と接するのかと教わったとのことでした。

母が車椅子に乗りながら父が出演しているテレビの番組を視ているときに、私がふと「老後は寂しくなるな」と洩らしたことがあります。それでも、母が言うには「お父さんの番組のＤＶＤを視て、お父さんの書いた本を読んでいればいいでしょう」ということだそうです。真顔でそんなことを言う母に、私はつい「えー？」と声を出してしまいましたが、母は本心からそう感じていたのでしょう。そして母も私も、父と共に雑誌（「発言者」「表現者」）にかかわった年月がとても楽しかったと言えることは確かです。

これからの私の人生は、そんな二人がいいところだと言っていた日本の各地を旅して回り、自分の目で確認していきたいと思っています。

母が柩に入れて欲しいと言っていたもう一つのものは、父が青年期に書いた母へのラブレターでした。二〇一四年九月に、父と二人暮らしを始めるための引っ越しの際に見つけ出していました（母の葬儀のときには探し出せずじまいです）が、父を荼毘《だび》に付すとき、新しい書物と一緒に柩に忍び込ませました。もしも私がこのまま預かっていたりすれば、たとえ「中身を読むな」と言われていたとしても、従えない予感がするからです。

平成三十年六月七日

著者略歴

西部邁――評論家。一九三九(昭和十四)年三月、北海道山越郡の漁師町・長万部《おしゃまんべ》町に生まれる。父は浄土真宗派の末寺の末男、母は農家の末女。兄と妹四人の六人きょうだい。札幌郡厚別《あつべつ》の信濃小学校、札幌の柏中学校、南高校に進学。その高二・十六歳のとき、同年一月生まれの岡田満智子《まちこ》と知り合う。高校卒業までは、マルクスもレーニンもスターリンも毛沢東も知らぬノンポリの重症の吃音少年であった。五七(昭和三十二)年、東京大学の受験に落ち、翌年四月、東大教養学部(駒場)に入学、三鷹寮に入る。同年十二月に結成されたブント(共産主義者同盟)に加盟する。在学中は東大自治会委員長、全学連の中央執行委員として「六〇年安保闘争」で指導的役割を果たすが、羽田事件(六〇年一月十六日)で逮捕・起訴され二月末に保釈。新安保条約が自然成立した(六月十九日)のちの七月初め、全学連大会の途中で逮捕、未決拘留で東京拘置所に収監されるが、十一月末に保釈で出所。そのときすでにブントは解体しており、翌六一(昭和三十六)年三月、左翼過激派と訣別する。それから七年、三つの裁判所に通い、その間、六四(昭和三十九)年三月、東大経済学部を卒業。同年五月、半年の同棲生活にピリオドを打ち、岡田満智子と結婚(のち、一男一女をもうける)。七一(昭和四十六)年三月、東大大学院経済学研究科理論経済学専攻修士課程修了。翌年、「六・一五事件」で執行猶予の判決、そして検事控訴。横浜国立大学経済学部助教授、東大教養学部助教授を経て、八六(昭和六十一)年、東大教授(社会経済学専攻)に就任するも、八八(昭和六十三)年三月、人事問題のもつれをめぐり、辞任。評論家をつづけるとともに、鈴鹿国際大学客員教授、秀明大学教授・学頭を歴任。旧来の経済学を批判して経済行為の象徴的意味の解釈を指向する「ソシオ・エコノミックス」で注目され、社会経済学の構築をめざした。また、高度大衆社会・アメリカニズム批判と西欧流保守思想の提唱とを基軸にした評論活動を活発に行い、九四（平成六）年四月より月刊オピニオン雑誌『発言者』刊行、二〇〇五（平成十七）年三月廃刊。二〇〇三（平成十五）年より『北の発言』刊行、翌々年より『表現者』（隔月刊）顧問。二〇〇六（平成十八）年十月、妻の大腸癌が判明、手術。翌々年一月、転移が判明、十時間に及ぶ大手術を受ける。十六歳で知り合ってから、三年余のブランクを挟み、現在までの二人の「関係」は間もなく半世紀を超える。著書として『ソシオ・エコノミックス』『蜃気楼の中へ』『大衆への反逆』『ケインズ』『幻像の保守へ』『六〇年安保』『貧困なる過剰』『思想の英雄たち』『批評する精神』『サンチョ・キホーテの眼』『ニヒリズムを超えて』『戦争論』『死生論』『知性の構造』『虚無の構造』『人間論』『人生の作法』『寓喩としての人生』『学問』『無念の戦後史』『友情』『本日の雑談』（小林よしのりとの共著・全八冊）『保守問答』（中島岳志との共著）など多数。一九八三（昭和五十八）年、『経済倫理学序説』で吉野作造賞、翌年、『生まじめな戯れ』でサントリー学芸賞、九二（平成四）年、その評論活動にたいして第八回正論大賞をそれぞれ受賞した。現在、六十九歳（二〇〇八年七月刊行時）。

二〇一四（平成二十六）年三月十七日、妻西部満智子逝去。

二〇一八（平成三十）年一月二十一日、西部邁逝去。享年七十八歳。

この作品は２００８年7月、飛鳥新社より
刊行の書籍を新装復刊したものです。

妻と僕　寓話と化す我らの死

二〇一八年七月八日　第一刷発行

著者――――――西部 邁
編集人・発行人――阿蘇品 蔵
発行所――――――株式会社青志社
〒一〇七-〇〇五二　東京都港区赤坂六-二-十四　レオ赤坂ビル四階
(編集・営業)
TEL：〇三-五五七四-八五一一　FAX：〇三-五五七四-八五一二
http://www.seishisha.co.jp/

印刷――――――慶昌堂印刷株式会社
製本――――――東京美術紙工協業組合

ISBN 978-86590-066-8 C0095

JASRAC 出 1806343-801